世界知识丛书
SHIJIE ZHISHI CONGSHU

非 洲
FEIZHOU

中国地图出版社

图书在版编目（CIP）数据

非洲/邸香平，州长治主编. —北京:中国地图出版
社，2004.1
　（世界知识丛书）
　ISBN 7-5031-3371-6

　Ⅰ.非...　Ⅱ.①邸...②州...　Ⅲ.非洲—概况
Ⅳ.K94

中国版本图书馆CIP数据核字（2003）第119001号

总论

非洲是阿非利加洲的简称，位于东半球的西南部，西北部的部分地区和岛屿深入到了西半球，赤道横跨大陆中部。东濒印度洋，西临大西洋，北隔地中海和直布罗陀海峡与欧洲相望，东北隔红海和苏伊士运河紧邻亚洲。面积约为 3 020 万平方千米，占世界总面积的 20%，是仅次于亚洲的第二大洲。人口 8.32 亿，次于亚洲，居世界第二位。

非洲现有埃及、利比亚、突尼斯、阿尔及利亚、摩洛哥、毛里塔尼亚、塞内加尔、冈比亚、几内亚比绍、几内亚、塞拉利昂、利比里亚、科特迪瓦、马里、布基纳法索、加纳、多哥、贝宁、尼日利亚、尼日尔、乍得、苏丹、厄立特里亚、吉布提、埃塞俄比亚、索马里、肯尼亚、乌干达、卢旺达、布隆迪、刚果民主共和国、刚果、中非、喀麦隆、赤道几内亚、圣多美和普林西比、加蓬、安哥拉、赞比亚、马拉维、坦桑尼亚、莫桑比克、津巴布韦、博茨瓦纳、纳米比亚、南非、莱索托、斯威士兰、马达加斯加、毛里求斯、科摩罗、塞舌尔、佛得角等 53 个独立国家。另有地位未定的西撒哈拉，法属"海外省"留尼汪，英国"直属殖民地"圣赫勒拿。

非洲海岸线平直，半岛、海湾极少。地势平坦，为高原大陆。埃塞俄比亚是"非洲屋脊"，海拔在 1 000 米以上。处于坦桑尼亚境内的乞力马扎罗山海拔 5 895 米，是非洲的最高峰。北部有世界最大的沙漠撒哈拉沙漠，面积达 920 万平方千米，占全洲总面积 1/3。位于东部的非洲大裂谷，全长 6 400 千米，是世界上最长的裂谷。河流多峡谷、急流和瀑布。湖泊多集中于东非高原，维多利亚湖是最大的淡水湖，也是世界第二大淡水湖。位于埃塞俄比亚的塔纳湖，海拔1830米，是非洲最高的湖。

非洲气温高，干燥少雨，有"热带大陆"之称。

非洲自然资源丰富，石油、天然气、铁、锰、铬、钴、镍、钒、铜、铝、锌、锡、铀和磷酸盐储量可观，黄金和钻石更是久负盛名。非洲植物资源丰富，品种达 4 万种以上。有不少稀有木材出产。

非洲经济落后，是世界最不发达的大陆。农业是非洲的经济支柱。经济作物如咖啡、可可、剑麻等产量可观。

非洲地域辽阔，开发不充分，给野生动物提供了大片的繁衍生息之所，许多地区现已开辟为动物保护区。

非洲有悠久的历史，灿烂的古代文化，由于长期的殖民统治，现代经济文化处于落后状态。但非洲的前途是光明的。

非洲地图

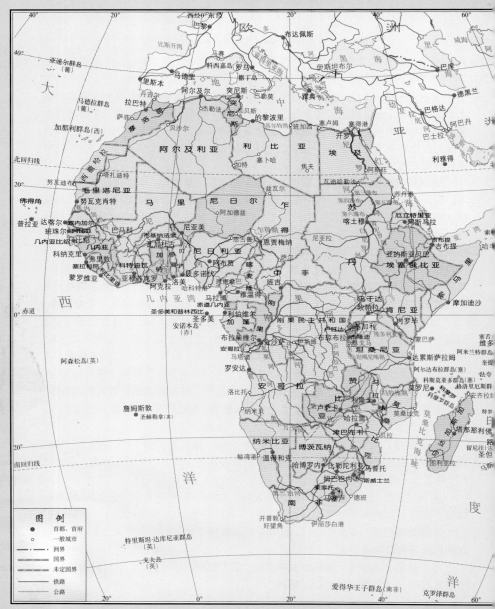

图例

- ● 首都、首府
- ○ 一般城市
- 洲界
- 国界
- 未定国界
- 铁路
- 公路

比例尺：1：67 30

非洲地势

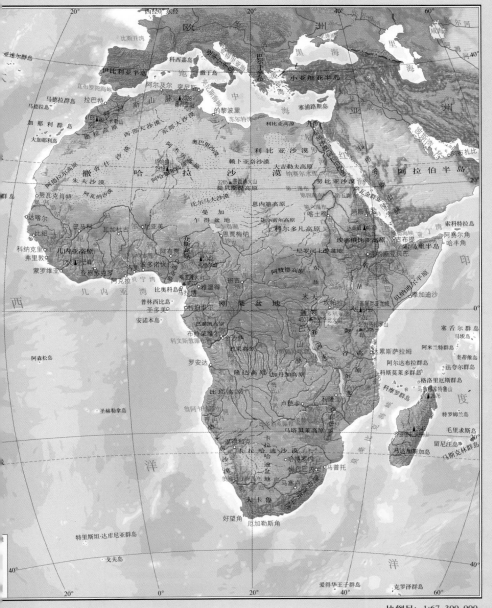

比例尺 1:67 300 000

国旗、国徽

埃及

苏丹

摩洛哥

阿尔及利亚

突尼斯

利比亚

毛里塔尼亚

塞内加尔

冈比亚

马里

布基纳法索

几内亚

几内亚比绍

佛得角

国旗、国徽

塞拉利昂

利比里亚

科特迪瓦

加纳

多哥

贝宁

尼日尔

尼日利亚

乍得

中非

喀麦隆

赤道几内亚

埃塞俄比亚

厄立特里亚

国旗、国徽

吉布提

索马里

肯尼亚

乌干达

坦桑尼亚

卢旺达

布隆迪

加蓬

刚果民主共和国

刚果

安哥拉

赞比亚

圣多美和普林西比

马拉维

国旗、国徽

莫桑比克

科摩罗

马达加斯加

毛里求斯

塞舌尔

纳米比亚

博茨瓦纳

津巴布韦

南非

斯威士兰

莱索托

埃及金字塔和狮身人面像 肯尼亚妇女

埃及妇女 郁郁葱葱的尼罗河两岸

"顶功"是非洲人的
重要本领

羚羊迁徙的壮观场面

阿尔及利亚沙漠景观

大群大群的动物自由奔驰，这是非洲大陆特有的景象

沃尔特族农村少女（布基纳法索）

长颈鹿是非洲特有的动物

水是沙漠的生命之源，这是人们用皮囊汲水的情景。

狮子找到了休息的场所

国家图图例

⊛ 首都、首府	海岸线
◉ 重要城市	珊瑚礁
◎ 一般城市	湖泊
○ 村镇	时令河、时令湖
● 一级行政中心	常年河、瀑布、伏流河、水库
洲界	渠道、运河
国界	井、泉
未定国界	火山、山峰
一级行政区界	关隘或山口
铁路	干涸河、干涸湖
高速公路	沙漠
一般公路	沼泽、盐沼泽
大道	
森林公园、自然保护区	
◎ 世界遗产	
✿ 地磁极	

城市图图例

高速路	风景名胜
主要街道	教堂、清真寺、寺庙
次要街道	图书馆
铁路	体育场
铁路地下部分	医院
轮渡	邮局
城墙	宾馆、饭店
公园	机场
墓地	汽车站
绿地	纪念碑
街区/建筑物	影剧院
	博物馆
	艺术馆
	学校
	主要建筑
	陵墓
	其它

《世界知识丛书》

非 洲

目 录

AFRICA

埃 及

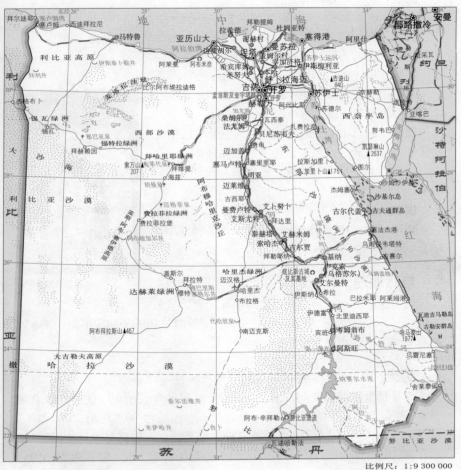

比例尺：1:9 300 000

国家概况

国名 阿拉伯埃及共和国（THE ARAB REPUBLIC OF EGYPT）。

面积 1 002 000平方千米。

人口 6 789万，人口密度每平方千米68人。

民族 阿拉伯人占87%，科普特人占11.8%，另有少量犹太人。

语言 语言为阿拉伯语。

宗教 居民多信奉伊斯兰教。

首都 开罗，位于尼罗河下游，人口1 675万（2001年），是非洲最大城市。

国旗 由自上而下的红、白、黑三个平行相等的横长方形组成。白色部分中间有国徽图案。

国徽 为一只金色雄鹰，雄鹰胸前有一盾形图案。

国花 莲花。

货币 埃及镑，汇率：1美元=4.51埃及镑（2002年）。

比比皆是的清真寺

自然地理

处于地中海和红海之间，地跨亚非两洲，国土96%以上为沙漠覆盖。尼罗河纵贯全境，尼罗河三角洲为冲积平原。属热带沙漠气候，干燥少雨。

历史

埃及是世界四大文明古国之一，公元前3200年便出现了统一的奴隶制国家，并创造了灿烂的古代文明。公元前6世纪后，受异族统治2 000多年，1882年又被英军占领。1922年英国宣布埃及独立，但仍对埃及加以控制。1952年，以纳赛尔为首的年轻军官组织推翻法鲁克王朝，掌握政权。1953年成立埃及共和国。1958年同叙利亚合并成立阿拉伯联合共和国。1961年叙利亚退出"阿联"。1971年改为现名阿拉伯埃及共和国。

开罗

名胜

尼罗河

  是世界第一长河，全长6 671千米，其下游有1 350千米在埃及。尼罗河给两岸肥沃的土地带来灌溉之利，从而成为古埃及文明的摇篮。

阿斯旺水坝

  位于尼罗河下游第一瀑布区，1970年建成，坝高110米，长3 600米，水库跨埃及、苏丹两国，有2/3在埃及。阿斯旺水坝在埃及境内称纳赛尔水库，是世界最大的人工湖。水坝的建成改变了尼罗河年年泛滥的状况，给下游

开罗塔

带来了充足的水源。

阿布辛贝勒神庙
准备搬迁

搬迁

苏伊士运河

　　埃及人早在公元前1000年就提出了开凿运河沟通地中海和红海的设想。拿破仑占领埃及后也萌发了同样的构想。受此影响法国驻埃及的总领事里西卜策划了此项工程。开凿工作从1859年开始，历时10年完工。拿破仑三世携皇后参加了竣工典礼。当时的运河长161千米，宽22米，深8米。后来运河又经7次拓宽，并且加深了河道。原来从大西洋到印度洋需向南绕过好望角，它的开通，使航道缩短了8 000千米。

最后，神庙在比原址高出70余米的地点安家。

苏伊士运河

金字塔

公元前3200年左右，在尼罗河两岸出现了统一的奴隶制王国，都城在现开罗以南不远的孟菲斯。国王称法老，生前他们就营造自己的陵墓。他们的陵墓都选在孟菲斯周围。现存的金字塔就是当时法老的陵墓。乔赛尔法老的陵墓是最早的一个。这就是埃及的金字塔都集中于孟菲斯周围的缘故。

全埃及的金字塔有80余座。这80余座金字塔代表了近1 500年的漫长时光。

金字塔是古埃及文明的象征：

一、金字塔雄伟异常。最大的胡夫金字塔高147米，四边形的底座每边长230米，底基达52 900平方米。

二、修建难度大，是古代建筑史上的奇迹。以胡夫金字塔为例，该塔共用石块230万块，最重的一块达16吨。试问，这些来自南方阿斯旺的巨石是如何运输的？如此重的石块又是如何高举就位的？还有，石块与石块之间没有任何粘合物，但平、竖、横六维严丝合缝，这一方面说明石块切凿精确，另一方面说明建筑者对垂直和水平技术的掌握已经达到令人惊叹的程度，要知道，金字塔的底基面积是5.29万平方米，如此大的面积，如何求得水平？

三、还有一些耐人寻味的数据：

①胡夫金字塔的高，乘以10亿正好是地球到太阳的距离；

②两倍的塔高除以塔底面积等于圆周率（3.14159）；

③穿过金字塔的子午线，正好把地球的陆地和海洋平均分割，塔的重心正好是各大陆引力的中心。

没有高度的文明，做到以上各点是绝对无法解释的。

木乃伊

　　古代埃及认为死亡并非生命的终结，而是以另一种形式开始新生。灵魂和肉体是相关连的，新生必须借助于完整的躯体，这样，人们便发明了永远保存躯体的木乃伊技术。

　　木乃伊技术起源于何年已无从查考，但确证无疑的是，在公元前3000年古王国初期，这种技术已经出现了。

　　根据古希腊文献的记载，木乃伊的制做一般分三个阶段：第一个阶段是将死者的脑和内脏取出，另行置放；第二个阶段是将尸体清洗干净后进行盐渍；第三个阶段是待尸体盐渍干后，周身涂上香脂，内腔则填入香料，并用亚麻布将躯体严严裹好，穿上衣裳，置入棺中，在脸上盖上假面具，最终盖棺。由于经过这些技术处理，再加当地干燥的气候，躯体可以保留很长的时间。有的木乃伊已经几千年了，仍保存完好。

　　可以想象，由于技术复杂，所需费用一定很多，所以，当初的木乃伊只有显贵人家才做得起。

底比斯神庙群

　　以底比斯为中心的神庙，是古埃及文明的又一代表。神庙建筑群是继"金字塔时代"之后奴隶制王国的遗迹。

　　"金字塔时代"后期，异族多次入侵，统一的王国也几度分裂。到公元前15世纪，国王图特摩斯三世重新统一埃及，定都底比斯，国力逐渐强盛。国力强盛后，图特摩斯走上了

卢克索神庙

扩张之路。为了祈神保佑战争的胜利，并使自己的功绩永世不泯，图特摩斯开了修建神庙的先河。

这些神庙建于尼罗河沿岸的底比斯一带。其宏伟程度不亚于金字塔，建筑工艺比金字塔更加精细。

开罗博物馆藏金质面具

与此同时，帝王们不再修建金字塔式的陵墓，而是把陵墓建于山岩中。金字塔的陵墓靠设计精密、牢固、不易启开来保持葬者（木乃伊）的隐密，而山岩陵墓除保持这些特点外，还在外型上下了功夫——不容易被发现。这一目的在一定的时限内达到了，所以，底比斯帝王的墓群——帝王谷，直到1881年才被发现。现存于开罗埃及博物馆的许多珍品，包括图坦哈蒙金面具和宝座，都是在1881年以后的挖掘中发现的。

亚历山大城法罗斯灯塔

公元前332年，马其顿国王亚历山大率军侵入埃及，修建亚历山大城。当时，亚历山大城的规模比雅典大三倍。为了给进出亚历山大城的船只导航，公元前280年开始，在附近的法罗斯岛上修建一个巨大的灯塔。工程进行了20年，被命名为法罗斯的灯塔最终建成。

灯塔是由一位希腊人设计的，用白色大理石作材料，具有巴比伦建筑风

亚历山大现灯塔

格。灯塔的巨大四边形底座之上有四层，第一层是正方形，边长35.5米，高71米，高和边长的比例是2：1。四个角上，各饰有巨大的海神波赛敦之子口吹海螺号角的铸像。第二层呈八角形，高度是第一层高度的1/2。第三层是圆柱体，高9米。圆柱体中有一巨大的火炬，昼夜燃点。第四层是海神波赛敦的青铜铸像，高7米。这样，灯塔整个高度为135米，60千米之内的海面上都可看到它的雄姿。

法罗斯灯塔被誉为古代七大奇迹之一。可惜的是，法罗斯灯塔早已消形灭迹了。有人说它毁于公元796年的一次地震，有人说它是由于海岸下沉埋于海底了。前些年，它的残骸已在海底被发现。

克娄巴特拉女王宫殿

克娄巴特拉女王是古埃及有名的女统治者，她的传奇故事至今仍被人津津乐道。她17岁时（公元前52年）继承王位，不但要应付内部的倾轧，而且要对付外来的敌人，与强大的罗马帝国周旋。著名的电影《埃及艳后》写的就是她的故事。她的王宫建得富丽堂皇。但300年后，这些宫殿在一次地震中沉入海底，其废墟成为8米深的水下之物。

经济和人民生活

埃及是农业国，农村人口占总人口的56%。主要农作物有棉花、小麦、玉米、甘蔗、水果、蔬菜等。工业主要是纺织、食品等传统工业。矿产资源主要有石油、天然气、磷酸盐、铁等。旅游资源丰富，旅游收入是外汇的主要来源。交通运输十分便利。2000年度国内生产总值968亿美元，2001年度人均国内生产总值1 290美元。普及小学义务教育。有综合大学13所。

苏 丹

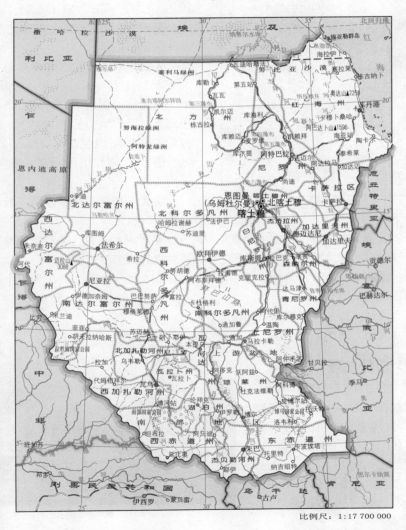

比例尺：1:17 700 000

国家概况

国名 苏丹共和国(THE RE-PUBLIC OF THE SUDAN)。

面积 2 505 813平方千米。在非洲居第一位。

人口 3 163万，人口密度每平方千米13人。

民族 全国有19个种族，597个部落。黑人约占总人口的52%，阿拉伯人占39%，贝贾人占6%。

语言 阿拉伯语为官方语言，通用英语。

宗教 居民多信奉伊斯兰教和拜物教。

首都 喀土穆，位于中部青尼罗河和白尼罗河汇合处，人口近400万(1997年)，是世界上最热的首都之一，有"世界火炉"之称。

国旗 靠旗杆一边为绿色三角形，旗地自上而下由红、白、黑三个长方形组成。

国徽 为一只舒展双翼的雄鹰。

货币 第纳尔，汇率：1美元=255~260第纳尔（2001年）。

自然地理

位于非洲东北部，东北濒红海。全境由南向北凹陷，盆地中有沙漠、丘陵、高原和山地。沿海有狭小的平原。尼罗河纵贯全境，其流域多支流、瀑布和沼泽。属热带气候，是世界上最热的

青尼罗河和白尼罗河在喀土穆交会

AFRICA

国家之一。

历史

公元 13 世纪阿拉伯人进入前由土著原始部落居住。阿拉伯人进入后，出现过独立的王国。19 世纪 70 年代开始，英国向苏丹扩张。1899 年成为英国和埃及的共管国。1956 年独立。

丰收舞

经济和人民生活

经济落后，农业人口占全国总人口的80%，粮食不能自给。工业基础薄弱，仅有一些轻纺工业，技术落后，且开工不足。2001 年国内生产总值 135 亿美元，人均国内生产总值 420 美元，是联合国公布的世界最不发达国家之一。实行全民免费医疗。1989年共有医院 205 所，病床 19 200 张。全国文盲占人口总数的 43%。

勇士舞

苏丹黑人的舞蹈

苏丹黑人的舞蹈久负盛名。庆祝丰收，传统节日，婚丧嫁娶，都必跳舞。大多数舞蹈都化妆。舞蹈动作剧烈，姿态优美。

猎人舞

摩洛哥

国家概况

国名 摩洛哥王国（THE KINGDOM OF MOROCCO）。

面积 459 000平方千米。

人口 2 917万。人口密度每平方千米64人。

民族 80% 为阿拉伯人，20% 为柏柏尔人。

语言 阿拉伯语为官方语言，通用法语。

宗教 绝大多数居民信奉伊斯兰教。

首都 拉巴特，位于大西洋沿岸，人口65.9万（2000年）。

国旗 红色长方形，正中是绿边五星。

国徽 上端是王冠，下面是盾牌，盾中上方是旭日，下方是国旗的红地绿边五星，盾的两侧和下面有金饰，外边各有一只猛狮。

货币 迪拉姆，汇率：1 美元 =10.6 迪拉姆（2000年）。

王宫警卫队员

自然地理

位于非洲西北部，北为地中海，西濒大西洋。多山地和高原，北部有狭长的平原，南部、东南部为沙漠。属地中海型和热带沙漠气候。

历史

早期居民是柏柏尔人。公元7世纪阿拉伯人进入。15世纪开始，西方列强入侵。1912年沦为法国保护国。1956年独立，建立王国。

经济和人民生活

摩洛哥磷酸盐储量640亿立方米，占世界储量的75%。磷酸盐的生产为摩洛哥的经济支柱，1999 年产量达 2 220 万吨，列世界之首。磷酸盐开采业以外的工业不发达。农业产值仅占国内生产总值的 15.3%，但渔业和旅游业发达，是非洲第一大产鱼国，旅游收入也列非洲之首。2000 年国内生产总值 333 亿美元，人均国内生产总值 1 218 美元。

拉巴特一角

政府对生活必需品给予部分补贴。有病床 3 万张。全国抗癌中心是非洲惟一研究、治疗癌症的机构。1996 年每百人拥有电话 3.86 部。住房拥有率为 48%。有小学 4 350 所，中学 1 168 所，高等学校 46 所。

王宫

民情民俗

摩洛哥的阿拉伯人身材一般都很高大，男子经常穿一种袍服，头上包着一条厚厚的头巾。袍服很宽大，既可当作大衣、外套，又可当毯子和睡衣。头巾天气炎热时可防暴晒，天气寒冷时可以御寒，起风时又可防风沙的吹袭。女子一般穿直垂脚踝的白色裙袍，整个身体，连同脸部被层层包起，只露两只眼睛。柏柏尔人是土著民族，他们属于白种人，但皮肤呈褐色。他们的服饰习惯与阿拉伯人的区别不大，只是在家庭、婚丧等方面保持其独特的习惯。

穆罕默德五世墓

阿尔及利亚

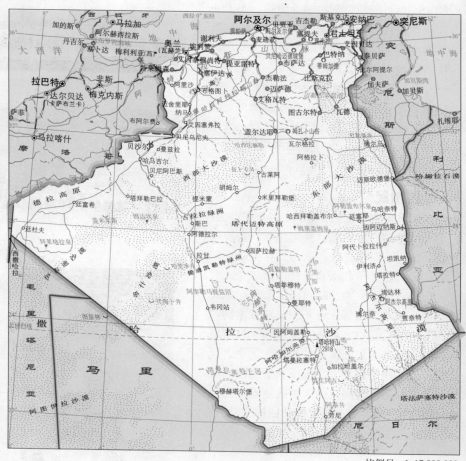

比例尺：1∶17 000 000

国家概况

国名 阿尔及利亚民主人民共和国（THE DEMOCRATIC PEOPLE'S REPUBLIC OF ALGERIA）。

面积 2 381 741 平方千米。

人口 3 084 万，人口密度每平方千米 13 人。

民族 阿拉伯人为主，柏柏尔族其次，另有少量姆扎布族和图阿雷格族。

语言 阿拉伯语为国语，通用法语。

宗教 伊斯兰教为国教。

首都 阿尔及尔，位于地中海沿岸，人口 256 万（1998 年）。

国旗 由左绿右白两个平行相等的竖长方形组成，衔接部分有一弯红色新月和一颗稍微倾斜的红色五角星。

国徽 下方是与国旗上的新月和五角星颜色与形状相同的图案；再上是一只法蒂玛的手掌；手掌左侧为绿枝，右侧为麦穗；手掌之后是山峦；上方是半出的旭日。

货币 第纳尔，汇率：1 美元 =77.23 第纳尔（2001 年）。

自然地理

位于非洲西北部地中海沿岸。多高原和山地，沙漠占 80%，沿海有狭长的平原。属地中海型和极端大陆性沙漠气候。

历史

公元前 3 世纪建立过柏柏尔人的王国，后罗

柏柏尔人

马人、拜占庭人、阿拉伯人、西班牙人、土耳其人先后入侵，1905 年沦为法国殖民地，1962 年独立。

经济和人民生活

自然资源丰富，石油储量为 90 亿吨；天然气储量 4.52 万亿立方米，储量和产量居世界第 7 位；铀矿储量 5 万吨；另有铁、锌、铜、磷酸盐等；森林面积 367 万公顷，其中软木林 46 万公顷。石油是阿尔及利亚的经济支柱。木材中以软木生产最为有名，产量居世界第三位。农业人口仅占总人口的 25%。2001 年国内生产总值 554 亿美元,人均国内生产总值 1 892 美元。全国有医院 173 所，病床 6 万张，医务人员 17.7 万人。对 6～16 岁少年儿童实行义务教育。有高等院校 56 所，中小学 20 719 所。文盲率 28%。

沙漠风光

撒哈拉沙漠

阿尔及利亚境内的沙漠是撒哈拉大沙漠的一部分。

撒哈拉沙漠处于非洲北部，西起大西洋沿岸，东濒红海之滨，北起地中海沿岸，南至热带草原，东西长 5 000 千米，南北宽 2 200 千米，总面积 920 万平方千米，占非洲大陆面积的 1/3，是世界上最大的沙漠。整个沙漠由石漠、砾漠和沙漠组成，其中沙漠分布最广。沙漠中炎热干旱、植物稀少、人迹罕见。石油、天然气资源丰富，还有铀、铁、锰、磷酸盐等矿藏。地下水源丰富。

撒哈拉沙漠的面积实际上在逐年扩大，每日每时都在南侵。所以，防止沙漠化是撒哈拉以南各国面临的难题。

水是生命之源，沙漠的居民多集中于"沙漠绿洲"，而这"沙漠绿洲"就是有水之地。随着科学技术的进步，生产力的发展，有朝一日，沙漠之下丰富的地下水资源被开发利用起来，撒哈拉沙漠的面貌，乃至整个非洲的面貌，将会彻底改观。

图阿雷格人

图阿雷格人是居住在撒哈拉沙漠的一支游牧民族，除阿尔及利亚外，还居住于马里北部、尼日尔北部。吃苦耐劳、善于节制是他们的最大特色。他们没有固定居住地，终年过着流动的生活。妇女地位高，与男子有同等的财产权、出席公共活动和部落会议权。

图阿雷格族男人

名胜

阿杰尔的塔西利史前壁画和雕刻

位于与尼日尔、利比亚交界处的撒哈拉沙漠之中，有从公元前6000年到公元最初几个世纪的壁画和雕刻5 000多幅，是洞窟艺术的瑰宝。它们是撒哈拉周围地区动物移栖、气候演变和人类生活发展变化的见证。1982年阿杰尔高原被列入世界遗产名录。

图阿雷格族妇女

突尼斯

国家概况

国名 突尼斯共和国（THE REPUBLIC OF TUNISIA）。

面积 164 150平方千米。

人口 967万，人口密度每平方千米59人。

民族 90%为阿拉伯人，次为柏柏尔人和犹太人。

语言 阿拉伯语为国语，通用法语。

宗教 居民多信奉伊斯兰教。

首都 突尼斯，位于地中海沿岸，人口205万（2000年）。

国旗 红色长方形，中央为一白色圆地，其中有一弯红色新月和一颗红色五角星。国旗的历史可追溯到奥斯曼帝国时期，新月和五角星来自奥斯曼帝国的标志，现为突尼斯共和国的象征，也是伊斯兰国家的标志。

国徽 最上方是与国旗白色圆地相同的图案，下为盾形。盾面上部的帆船象征历史上腓尼基人第一次乘船来到突尼斯；左下方是一副天平，象征正义与平等；右下方为一只握刀的狮子。盾面中间的绶带上用阿拉伯文写着"秩序、自由和正义"。

国花 油橄榄。

AFRICA

货币 第纳尔，汇率：1 美元 =1.48 第纳尔（2001 年）。

自然地理

突尼斯位于非洲北部，北濒地中海。北部为山地，中部为台地，南部为沙漠。属地中海型和热带气候。

历史

公元前9世纪初，腓尼基人建立以迦太基城为中心的奴隶制强国。公元前146年成为罗马帝国的一部分。5～6世纪为汪达尔人和拜占庭人占领。703年开始被阿拉伯人统治。1574年成为土耳其奥斯曼帝国的一部分。1881年沦为法国保护领地。1956年独立，成立突尼斯共和国。

经济和人民生活

农业国，全国 35% 的劳动力从事农业。粮食不能自给，油橄榄的种植在农业乃至国民经济中占有重要地位。全国有油橄榄6 200万株，占地162.5万公顷，占耕地面积的28.7%。2000/2001 年度产橄榄油 11.1 万吨。

工矿业以石油开采业和化工业为主。

旅游业在国民经济中占有重要地位，2001 年旅游收入达 23.5 亿第纳尔，1999 年国内生产总值达 211.07 亿美元，人均国内生产总值 2 235 美元。

全国有78%的人拥有自己的住房。2000

油橄榄种植园

油橄榄

是一种木樨科植物，开白花，栽种 7 年即可结果，每年 11 月收获，收获季节达四个月之久。每吨油橄榄果可榨橄榄油 250 公斤。斯法克斯是突尼斯油橄榄的主要产地。

迦太基遗址

迦太基水道遗址

圣地石碑是公元前6世纪的遗物，它们当时立于迦太基境内。

年，全国平均每1 280人拥有一名医生。人均寿命73岁（2000年）。实行基础义务免费教育，有大专院校90所。

民情民俗

突尼斯人有显著的性格特征：宽容、深思熟虑、谨慎保守、彬彬有礼且乐于助人。

名胜

迦太基遗址

位于突尼斯市市郊。曾是迦太基帝国的都城，建于公元前814年。迦太基帝国曾包括北非沿岸、西班牙中部、科西嘉岛、撒丁岛、西西里岛和马耳他岛。鼎盛时期的迦太基城人口曾达70万。公元前264～公元前146年，迦太基同罗马帝国进行过三次"布匿战争"。第三次"布匿战争"中迦太基失败，罗马帝国名将小西庇阿攻陷迦太基城，将它夷为平地，并在全城废墟上撒盐，使之成为不毛之地。后迦太基成为罗马帝国的一部分，罗马人又在迦太基城废墟上重建，今天的众多遗迹，就是罗马人统治时期修建的。重建的迦太基城于公元439年遭到汪达尔人的洗劫。从那之后，迦太基城便一蹶不振了。

利比亚

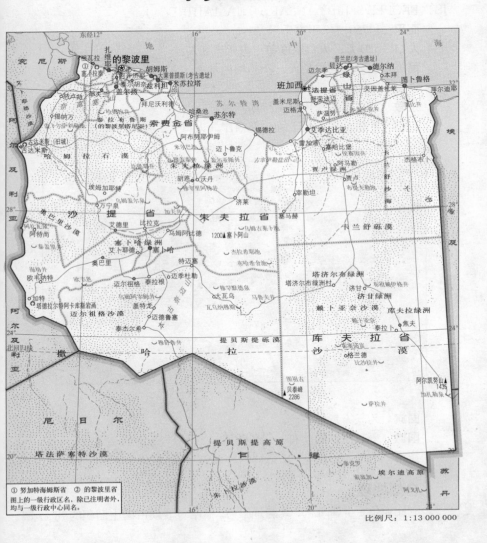

① 努加特海姆斯省 ② 的黎波里省
图上的一级行政区名，除已注明者外，
均与一级行政中心同名。

比例尺：1:13 000 000

国家概况

国名 大阿拉伯利比亚人民社会主义民众国(THE GREAT SOCIAL-
IST PEOPLE'S LIBYAN ARAB JAMAHIRIYA)。

面积 1 759 540平方千米。

人口 530万，人口密度每平方千米3人。

民族 主要为阿拉伯人，次为柏柏尔人。

语言 阿拉伯语为国语。

宗教 绝大多数居民信奉伊斯兰教。

首都 的黎波里，位于地中海沿岸，人口175万（1998年）。

国旗 为长方形绿色旗。

国徽 一只鹰，胸前有一绿色的盾。

货币 第纳尔，汇率：1第纳尔=0.595美元（2001年）。

自然地理

利比亚位于非洲北部，北濒地中海。撒哈拉沙漠占国土面积的98%。属热带沙漠气候。沿海属亚热带地中海型气候。

历史

公元前3世纪曾建立努米底亚王国。7世纪阿拉伯人征服当地的柏柏尔人，建立王国。16世纪成为奥斯曼帝国的一部分。1912年成为意大利殖民地。二战后由联合国行使管辖权。1951年独立。1969年成立阿拉伯利比亚共和国。1977年改名阿拉伯利比亚人民社会主义民众国。1986年4月起使用现名。

经济和人民生活

石油是利比亚的经济命脉，储量为450亿～500亿桶。日产量142万桶。石油以及石油产品的出口占出口总值的95%以上。

农业人口占总人口的24%，农业产值仅占国内生产总值的4.5%。2001年国内生产总值379亿美元，人均国内生产总值4 400美元（1999年），在非洲国家中名列前茅。

由于石油收入剧增，人民生活水平提高很快，居住条件大大改善。大多数家庭拥有小汽车。平均每千人有病床4.8张，医生2名，电话70部。实行免费教育，有高等院校15所。

民情民俗

在利比亚，无论是阿拉伯人还是柏柏尔人都是虔诚的穆斯林。在这里，伊斯兰教教规执行十分严格，日常生活、节日、割礼、婚丧嫁娶，都照教规行事，一丝不苟。

名胜

昔兰尼考古遗址

昔兰尼城位于利比亚东北部沿海。公元前630

柏柏尔人骑兵

沙巴拉特剧场 位于的黎波里西北77千米处，为古罗马遗迹。

大莱普提斯城中的古罗马街道

塞维洛大教堂内的大理石浮雕柱细部

年希腊人修建，公元365年毁于地震。人们已进行了两个多世纪的考古挖掘。重要发现有：古泉圣地遗迹，它从300米以外通过渠道将一眼圣泉水引入；公元前7世纪～公元前6世纪修建的阿波罗神庙遗迹；公元前4世纪～公元前3世纪修建的阿耳忒多尔斯神庙；公元前2世纪修建的赫卡忒神庙；卫城；普罗古洛广场；昔兰尼城创始人巴托斯国王墓；航海纪念碑；地下浴室；古剧场等等。

大莱普提斯考古遗址

曾是罗马帝国时期的一流城市。该城在公元3世纪时达到顶点。4世纪遭受蛮族洗劫，公元365年的地震又给了它以毁灭性打击。1694年法国旅行家到此一游，并描述了这里遗迹的情况。此举给大莱普提斯带来灾难，西方人士闻讯而至，大莱普提斯遗迹又遭洗劫。利比亚独立后对此进行了挖掘和保护。1983年列入世界遗产名录。

毛里塔尼亚

国家概况

国名 毛里塔尼亚伊斯兰共和国（THE ISLAMIC REPUBLIC OF MAURITANIA）。

面积 1 030 000平方千米。

人口 272万，人口密度每平方千米3人。

民族 阿拉伯摩尔人占70%，余为黑人。

语言 官方语言为阿拉伯语，通用法语。

宗教 伊斯兰教为国教。

首都 努瓦克肖特，位于大西洋沿岸，人口61.2万（2000年）。

国旗 绿色长方形，正中是一弯黄色新月和一颗黄色五角星。绿色是穆斯林国家喜爱的颜色；新月和五角形是穆斯林国家的标志，象征繁荣和希望。

国徽 圆形。中心以新月和五角星为背景，前为棕榈树和玉米穗叶。

货币 乌吉亚，汇率：1美元=254乌吉亚（2001年）。

摩尔少女

自然地理

位于非洲西北部，西濒大西洋。沿海为平原，内陆为高地。全境2/3为沙漠所覆盖。西南部的塞内加尔河是与塞内加尔的界河。属热带大陆性气候。

历史

公元7世纪阿拉伯人进入。1912年沦为法国殖民地。1958年成为"法

议会大厦

毛里塔尼亚是一个穆斯林国家，清真寺到处可见。

兰西共同体"内的自治共和国。1960 年独立。

经济和人民生活

经济以农牧业为主，基础薄弱，结构单一，是联合国公布的最不发达国家之一。农牧业人口占总人口的 55%，粮食不能自给。铁矿有一定的储量，铁矿开采业在国民经济中占有重要地位。2000 年国内生产总值 9.08 亿美元，人均国内生产总值 348 美元。实行社会救济。全国有病床 1,325 张，医生 320 名。平均寿命男 52.3 岁，女 55.5 岁。全国有 5 所高等院校。

民情民俗

城市居民食用"古斯密"——小麦、大米、高粱调以肉类。

乡村沙漠中的居民以沙代水洗脸洗手。

对帐篷有特殊的感情。连国家元首的国庆宴会也在帐篷里举行。

塞内加尔

国家概况

国名 塞内加尔共和国（THE REPUBLIC OF SENEGAL）。

面积 196 722 平方千米。

人口 980 万，人口密度每平方千米 50 人。

民族 主要是黑人，有沃洛夫、谢列尔、颇尔等 20 余个民族。

语言 官方语言为法语，全国 80% 的人通用沃洛夫语。

宗教 90% 的居民信奉伊斯兰教。

首都 达喀尔，位于大西洋沿岸，人口 220 万（1999 年）。

国旗 由绿、黄、红三个竖长方形组成，黄色长方形中央为一绿色五角星。

颇尔族的传统舞蹈

国徽 中间为盾形。盾左红地，上有雄狮；盾右黄地，上有一棵面包树，树下有绿色波纹。盾外为棕榈枝，棕榈枝叶环上端有一颗绿色五角星。

货币 非洲金融共同体法郎，汇率：1美元 =726.7 非洲法郎（2001 年）。

自然地理

位于非洲西部，北接毛里塔尼亚，西濒大西洋。全境低缓平坦，东南部为丘陵，东部为沙漠。塞内加尔河在境内长 850 千米，是与毛里塔尼亚的界河。属热带草原气候。

历史

曾是马里帝国和桑海帝国的一部分。1864 年沦为法国殖民地。1960 年独立。

卡沙曼河上的独木舟。塞内加尔在沃洛夫语中即"独木舟"之意。

经济和人民生活

农业国。农村人口占总人口的70%。粮食不能自给，但花生和棉花等经济作物产量可观，尤其是花生，绝大部分用于出口，塞内加尔因此素有"花生王国"之称。矿产资源贫乏。工业有一定基础，全国有工业企业500余家。

2001 年国内生产总值 33 891 亿非洲法郎，人均国内生产总值 34.58 万非洲法郎。全国有医院 18 所，医务人员 3 534 名。人均寿命 62 岁。18 岁以上成人文盲率 65%。

戈雷岛

奴隶堡——戈雷岛

戈雷岛曾是西方人囚禁黑奴的基地之一。据统计，从1510年到1848年，从这里运往美洲的黑奴达 2 000 万之多。由于不堪忍受苦难死于这里的男女黑奴竟达 100 万。

冈比亚

国家概况

国名 冈比亚共和国（THE REPUBLIC OF THE GAMBIA）。

面积 10 380平方千米。

人口 142万，人口密度每平方千米136人。

民族 主要是黑人，有曼丁哥、富拉、沃洛夫等部族。

语言 官方语言为英语。

宗教 90%的居民信奉伊斯兰教。

首都 班珠尔，位于大西洋沿岸冈比亚河河口，人口4.2万（1993年）。

国旗 由自上而下的红、蓝、绿三个长方形组成，蓝色长方形上下各有一道白边。

国徽 中心图案是盾，外边为绿色，次为白色，蓝色为地，上有交叉的斧和锄。盾上为头盔和棕仁果树，两旁有金、蓝两色饰物。盾的两侧是红色雄狮，分别握着斧头和锄头。

货币 达拉西，汇率：1美元=16.40达拉西（2001年）。

自然地理

位于非洲西部，西濒大西洋，东西狭长。全境为平原，冈比亚河自东到西纵贯472千米。属热带气候。

历史

15世纪开始，葡萄牙、英国和法国殖民者相继侵入。1783年《凡尔赛和约》把冈比亚河两岸划归英国。1965年独立。

经济和人民生活

农业国。资源匮乏，矿藏多未开采。工业基础薄弱，发展缓慢，是联合国公布的世界最不发达国家之一。农业人口占总人口的75%。主要农作物为玉米、谷子等。粮食不能自给。1999年国内生产总值49.56亿达拉西，人均国内生产总值3 812达拉西。平均1.1万人有一名医生。人均寿命47岁。文盲占全国人口的75%。

马 里

国家概况

国名　马里共和国（THE REPUBLIC OF MALI）。

面积　1 241 238平方千米。

人口　1 040万，人口密度每平方千米8人。

民族　黑色人种，最大的民族为班巴拉族，次为颇尔、塞努福族等。

语言　官方语言为法语。

宗教　多数居民信奉伊斯兰教。

首都　巴马科，位于中南部尼日尔河沿岸，人口100万（1998年）。

国旗　由竖直的绿、黄、红三个长方形组成。

国徽　圆形，图面为蓝色。中间为一白色城堡，上方为一只展翅的黄色和平鸽，下方是初升的光芒四射的太阳，并有两支满弓待发的箭。

货币　非洲金融共同体法郎，汇率：1美元=716.3非洲法郎（2001年）。

马里塞努福族少女

自然地理

位于非洲西部尼日尔河中游。地势平坦，中部和北部为沙漠。尼日尔河横贯东西，境内长1 700千米，塞内加尔河在境内500千米。属热带气候。

历史

马里曾是加纳帝国、马里帝国和桑海帝国的中心地区。1895年沦为法国的殖民地。1958年成为"自治共和国"，留在法兰西共同体内。1960年独立，成立马里共和国。

经济和人民生活

经济落后，农牧业是经济的主体，农村人口占总人口的78%，粮食不能自给。资源不足。工业基础薄弱，技术落后。为联合国公布的世界最不发达国家之一。2000年国内生产总值24.1亿美元，人均国内生产总值236美元。全国有13所医院，1.7万人拥有一名医生，儿童死亡率10.2%。文盲占总人口的70%。

臼米

民情民俗

马里曾有灿烂的古代文明，是尼日尔文明的发源地。殖民统治中断了民族文化的发展，而由于长期经济落后，文化至今不发达。全国通用语班巴拉语的文字处于初创阶段，其他民族语言还没有文字。马里各个民族热情奔放，能歌善舞。对人诚恳，与人为善，为朋友可以两肋插刀。他们爱憎分明，对付坏人，对付敌人，绝不心慈手软。

马里人喜欢娱乐，也喜欢运动。他们的舞蹈节奏既强又快，动作幅度大，动感强烈。戴假面具是他们的传统娱乐形式。

马里人以黑色为美，喜欢用"地阿比"树叶染足画手。习惯于衔"芙劳特"树枝。妇女发式讲究。

农村妇女在汲水

名胜

马里境内有丰富的自然和文化遗产。位于北部撒哈拉沙漠南沿、尼日尔河北岸的通布图（廷巴克图），14世纪发展到一定规模，马里帝国和桑海帝国时达到顶峰。当时，伊斯兰学者云集于此讲学布道，成为西非文化与宗教中心，与开罗、巴格达和大马士革齐名。16世纪末摩洛哥人侵入，该城开始衰落，欧洲殖民者占领后加速了衰落过程。该市留有大量伊斯兰和阿拉伯文化遗迹，最著名的穆萨清真寺以及与它配套的建筑群，是珍贵的伊斯兰文化遗产。整个清真寺是用泥土筑成的，没有木柱支撑。清真寺的宣礼塔至今仍是全市最高建筑。清真寺内的立柱都是泥土筑起的，南北方向25排，东西方向8排。暗黄色的土壁上饰有图案各异的浮雕和铭文，整个建筑风格别致，但不失庄严肃穆，宏伟壮观。建于14世纪末的斯科尔清真寺更是世界驰名。这里曾是伊斯兰的著名学府，来自阿拉伯世界和其他地区的数万名学者先后在这里研究可兰经、法学、文学、历史、地理和星象学。可惜的是，昔日的繁荣今日已荡然无存，往日的壮观如今赋予了新的形象。由于气候干燥，沙漠侵袭，加之年久失修，它的南大门已完全为黄沙掩埋，整个清真寺已成为名符其实的半地下建筑。该城已收入世界遗产名录。

位于马里中部地处巴尼河畔的古城杰内，也是马里著名的文化遗产，均已被列入世界遗产名录之内。

通布图清真寺

布基纳法索

国家概况

国名 布基纳法索（ＴＨＥ ＢＵＲＫＩＮＡ ＦＡＳＯ）。

面积 274 200平方千米。

人口 1 226万，人口密度每平方千米45人。

民族 黑色人种。有沃尔特和芒戴族系的60多个部族。

语言 官方语言为法语。

宗教 居民多信奉原始宗教和伊斯兰教。

首都 瓦加杜古，位于中部，人口96万（2000年）。

国旗 由上红下绿两个长方形组成，中央有一颗黄色的五角星。

国徽 呈圆形。圆面为黄色，其上方为一颗红色五角星，中间是交叉着的一支枪和一把锄头，下面有一本打开的书，圆周饰以红色齿轮，两侧各有一株绿色谷子。

货币 非洲金融共同体法郎，汇率：1美元=737非洲法郎（2001年）。

自然地理

位于非洲西部，内陆国。地势平坦，大部分地区为高原。属热带草原气候。

历史

9世纪开始建立了一些部落王国。1904年沦为法国殖民地。1960年独立，定国名为上沃尔特共和国。1984年改国名为布基纳法索。

经济和人民生活

自然资源贫乏，经济落后，为联合国公布的世界最不发达国家之一。全国88%的劳动力从事农牧业。工业以农牧业产品加工和轻纺工业为主，基础薄弱，技术落后。2000年国内生产总值22.96亿美元，人均国内生产总值193美元。全国有医院8所，平均28 752人有一名医生。人均寿命44岁。文盲占总人口的79%。

几内亚

国家概况

国名 几内亚共和国 (THE REPUBLIC OF GUINEA)。

面积 245 857平方千米。

人口 824万,人口密度每平方千米34人。

民族 黑色人种。有富拉、马林凯、苏苏等20多个部族。

语言 官方语言为法语。

宗教 居民多信奉伊斯兰教。

首都 科纳克里,位于大西洋沿岸,人口110万。

国旗 由自左到右竖排的红、黄、绿三个长方形组成。

国徽 为盾徽。黄色盾面上绘有交叉的枪和剑,上方是一只衔着橄榄枝的和平鸽。盾徽基部为国旗颜色。

货币 几内亚法郎,汇率: 1美元=1 746.9几内亚法郎(2001年)。

自然地理

位于非洲西部,西濒大西洋。全境以高原、山地为主,多河流、瀑布。属热带草原气候,沿海为热带雨林气候。

历史

9～15 世纪是加纳王国和马里帝国的一部分。15 世纪葡萄牙人侵入。1885 年柏林会议划归法国，成为法国殖民地。1958 年独立。

经济和人民生活

农业国，工业基础薄弱，是联合国公布的世界最不发达国家之一。资源丰富，铝矾土储量估计为 240 亿吨，占世界总储量的 2/3。此外还有铁、钻石、黄金、铜、铀等。水力资源极为丰富。渔业资源也较丰富。森林面积 1 450 万公顷，红木、黑檀木等贵重木材世界闻名。农业是国家的主要产业，但粮食不能自给。工业中，采矿业有一定规模。2000 年国内生产总值 32 亿美元，人均国内生产总值 438 美元。6 600 人拥有一名医生，约 2 000 人拥有一张病床。平均寿命 46 岁。城市适龄儿童入学率 41%，农村 22%。

科纳克里市场一角

几内亚比绍

国家概况

国名　几内亚比绍共和国（THE REPUBLIC OF GUINEA-BISSAU）。

面积　36 125 平方千米。

人口　141 万，人口密度每平方千米 39 人。

民族　黑色人种。有巴兰特、富拉、曼丁哥等 27 个部族。

语言　官方语言为葡萄牙语。通用语为克里奥尔语。

宗教　1/3 的居民信奉伊斯兰教，次为拜物教和天主教。

首都　比绍，位于大西洋沿岸，人口 30 万（1999 年）。

国旗　旗杆一侧为一竖直的红长方形，中央有一黑色五角星。右侧为上下两个长方形，上为黄色，下为绿色。

国徽　最上方是一颗黑色的五角星，两侧为棕榈叶，由红色绶带缠束，下方是橙色贝壳。

货币　非洲金融共同体法郎，汇率：1 美元＝716.3 非洲法郎（2001 年）。

自然地理

位于非洲西部，西濒大西洋，在大西洋中有 60 余个小岛。大部分为平原。属热带气候。

历史

1879 年沦为葡萄牙的殖民地。1973 年独立。

经济和人民生活

农业国。农业人口占总人口的 85%。主要农作物有水稻、花生、腰果等。工业以农产品和食品加工业为主。是联合国公布的世界最不发达国家之一。2000 年国内生产总值 2.05 亿美元，人均国内生产总值 163 美元。全国有固定工资的职工仅占总劳力的 5.5%。适龄儿童入学率仅为 30%。

佛得角

国家概况

国名 佛得角共和国（THE REPUBLIC OF CAPE VERDE）。

面积 4 033平方千米。

人口 44.5万，人口密度每平方千米110人。

民族 黑白混血人种。克里奥尔族。

语言 官方语言为葡萄牙语。民族语言为克里奥尔语。

宗教 98%的居民信奉天主教。

首都 普拉亚，位于圣地亚哥岛，人口10.6万（2000年）。

国旗 自上而下排列着蓝、白、红、白、蓝五个长方形，白、红、白等宽。左侧以红条为中心，有由10颗黄色五角星构成的圆。

国徽 中心图案为圆形，上端有一铅锤，中央等边三角形中有一把火炬，下方三条横线。圆内书以葡萄牙文"佛得角共和国"。圆的两侧各有五颗五角星。下方为链环，两侧为棕榈叶。

货币 埃斯库多，汇率：1美元=120.1埃斯库多（2001年）。

自然地理

位于非洲大陆以西的大西洋中的佛得角群岛。海岛由火山构成，地势崎岖。属热带干旱气候。

历史

1495年沦为葡萄牙的殖民地。1975年独立。

经济和人民生活

农业国，资源匮乏，工业基础薄弱，农业生产落后，是联合国公布的世界最不发达国家之一。80%以上人口从事农业，主要农产品有玉米、豆类、薯类、香蕉、甘蔗、咖啡等。渔业资源较为丰富，渔业人口占总人口的6%。

2000年国内生产总值4.7亿美元，人均国内生产总值1 093美元。平均每年每人消费13公斤肉、1.4公斤禽类、14公斤鱼。每100人有电话9部，每3 349人有1名医生。人均寿命68.9岁。成人文盲率29%。

塞拉利昂

国家概况

国名 塞拉利昂共和国（THE REPUBLIC OF SIERRA LEONE）。

面积 72 326平方千米。

人口 457万，人口密度每平方千米63人。

民族 黑色人种。有曼迪、泰姆奈、林姆巴等20多个部族。

语言 官方语言为英语。

宗教 居民多信奉伊斯兰教和基督教。

首都 弗里敦，位于大西洋沿岸，人口50万（1995年）。

弗里敦一角

国旗 由自上而下排列的绿、白、蓝三长方形组成。绿色象征农业，还代表国家的自然资源和山脉；白色象征国家的统一和人民对正义的追求；蓝色象征海洋和希望，希望塞拉利昂的天然良港对世界和平作出贡献。

国徽 中间为盾形，盾面上的狮子象征塞拉利昂及其与英国的联系，塞拉利昂在葡萄牙语中是"狮子山"的意思。绿色背景象征农业和丰富的自然资源；锯齿形图案象征该国的山脉；下方的蓝、白波纹象征海岸线和天然良港；上部的三把火炬象征塞拉利昂在西非发展教育中所起的作用，火炬是启蒙和知识的象征。盾徽两侧各有一棵棕榈树，是该国农业财富的另一象征。盾徽两旁各有一只狮子支

荷兰、英国、法国、德国殖民者相继侵入。1821年，美国被解放的黑奴在此建立移民区。1847年宣告独立，成立利比里亚共和国，成为当时非洲大陆惟一的黑人共和国。

小资料

15世纪开始，从非洲被贩卖的黑奴对美国的发展起了重大作用，但几个世纪之中，他们过着牛马不如的生活。19世纪开始，迫于黑人的反抗，解放黑奴的呼声日益高涨。白人中也有不少有识之士加入了这一斗争的行列。在美国北方，陆续有些黑奴获得解放。获得自由的黑人有的留在了美国，有的则返回了自己的故土。返回非洲的黑人有的散居于沿岸各国，有的则集中一地，建设自己的家园。利比里亚是返回的黑人最大的集中地。

经济和人民生活

农业国，农业人口占总人口的75%。主要作物为水稻、薯类、棕榈、橡胶等。粮食不能自给。铁矿砂储量丰富，产量曾列非洲前茅。1999年国内生产总值4.12亿美元，人均国内生产总值140美元。连年战乱使人民流离失所。粮食缺乏，物价飞涨，居民靠国际救济度日。为联合国公布的世界最不发达国家之一。

小资料

利比里亚的海运业在世界上占有特殊地位。其独特性在于：挂有利比里亚国旗的众多商船并不是利比里亚的，而是外国——主要是美国的。1995年，在利比里亚注册登记的外轮达1 666艘，总吨位6 000万吨，仅注册收入就有2 000万美元之多。

此事的起因是：1945年雅尔塔会议结束后，出席会议的美国国务卿斯退丁纽斯为舒缓一下紧张的神经，决定到被称为"美国复制品"的利比里亚休息一下。其间，利比里亚政府要求美国就振兴利比里亚经济的问题献计。斯退丁纽斯与友人海运巨子欧纳西斯商量后，提出以便宜的登记费接受外轮注册的良策。实行后，这一措施果然奏效，给利比里亚带来了一本万利的财源。

科特迪瓦

国家概况

国名 科特迪瓦共和国（THE REPUBLIC OF COTE D'IVOIRE）。

面积 322 463 平方千米。

人口 1 694 万，人口密度每平方千米 53 人。

民族 黑色人种。有阿肯、克鲁、曼迪和沃尔特族系的 60 个部族。

语言 官方语言为法语。

宗教 居民多信奉伊斯兰教、原始宗教和天主教。

首都 政治首都亚穆苏克罗，位于中部，人口 24 万（1998 年）。经济首都阿比让，位于南部，人口 288 万（1998 年）。

国旗 由竖直排列的橙、白、绿三个长方形组成。

国徽 中心为绿色盾形，盾中一白色象头。上方为金色旭日，两侧为金色油棕树。下端的绶带上写着"科特迪瓦共和国"。

阿肯族人的院落

货币 非洲金融共同体法郎，汇率：1 美元 =716.3 非洲法郎（2001 年）。

自然地理

位于非洲西部，南濒大西洋的几内亚湾。地势西北高，东南低。西南部为平原。属热带气候。

历史

中世纪开始就出现过一些小的部落王国。15 世纪后半叶，葡萄牙、荷兰、法国殖民者相继入侵。1893 年沦为法国自治殖民地。1960 年独立。

经济和人民生活

科特迪瓦经济在西非独树一帜，独立后实行"自由资本主义"和"科特迪瓦化"，加之得天独厚的自然条件，经济发展较快。1980年国内生产总值是1960年独立时的22倍，成为西非新生独立国家的"奇迹"。这和周围国家发展缓慢、经济处于困境的状况形成鲜明对比。2000年国内生产总值99亿美元，人均国内生产总值669美元。

全国83%的居民可以饮用干净水，60%的居民可享受到基本医疗。平均寿命51岁。儿童入学率72%，成人文盲率57%。

可可 咖啡 棕榈

科特迪瓦经济作物的生产世界闻名。可可种植面积187万公顷，生产和出口占世界第一位。咖啡种植面积137万公顷，生产和出口占世界第四位。棕榈产量居非洲之首，世界第三位。

收获咖啡豆

"象牙海岸"

科特迪瓦原名象牙海岸，曾是殖民主义者捕杀大象、掠夺象牙的主要基地。由于过量捕杀和环境的变化，现境内的大象已寥若晨星。既已名实不符，又加"象牙海岸"的译名法文与英文表示不一致，国际会议国名排列顺序经常变更，1986年该国决定国名改为译音(法文"象牙海岸"为 Cote d' Ivoire)"科特迪瓦"。

加 纳

国家概况

国名 加纳共和国（THE REPUBLIC OF GHANA）。

面积 238 537平方千米。

人口 1 880万，人口密度每平方千米79人。

民族 黑色人种。有阿肯、莫莱－达戈巴尼、埃维、加－阿丹格贝等部族。

语言 官方语言为英语。

宗教 居民信奉基督教新教、天主教、伊斯兰教和拜物教。

首都 阿克拉，位于大西洋沿岸，人口170万（2000年）。

国旗 由自上而下排列的红、黄、绿三个长方形组成，中央有一黑色五角星。红色象征为了国家独立而牺牲的烈士的鲜血，黄色象征国家丰富的矿藏和资源，绿色象征森林和农业，黑色五角星象征非洲自由的北极星。

阿肯族人吃饭的情景

国徽 中央有一盾形。盾中是绿地黄边的圣乔治十字。十字的四格左上部为金色官杖和金剑，象征地方政府；右上部为蓝波纹及城堡，象征海洋和国家行政机构；左下部为可可树，右下部为一个矿井，均象征国家的财富。绿十字中心是一只金色狮子，象征加纳和英联邦之间的联系。盾上为花环，在环之上有一五角星。两边为展翅的金鹰。

国花 海枣。

货币　塞地，汇率：1美元=7 125塞地（2002年）。

自然地理

位于非洲西部，南濒几内亚湾。地势低平，中部为盆地。沃尔特河在北部1 100千米，流入沃尔特水库。沿海多泻湖。属热带气候。

历史

加纳是西非古国。强盛的加纳王国建于3世纪。1471年葡萄牙人入侵，掠夺黄金。1897年沦为英国殖民地。1957年独立。

经济和人民生活

经济以农业为主，农业人口占总人口的55%，可可和木材是经济支柱。工业以采矿业为主，是另一经济支柱。黄金和锰产量居非洲前列。2000年国内生产总值48亿美元，人均国内生产总值260.8美元。职工周工资最低4 200塞地，另享有医疗、住房、交通补贴，领取退休金和退休保险。人均寿命男54岁，女58岁。有中小学16 000多所和加纳大学等大学。

"黄金海岸"

加纳原名为"黄金海岸"，盛产黄金，是欧洲殖民主义者掠夺非洲黄金的重要基地。现黄金仍是加纳的重要矿产品。1999年出口创汇7.084亿美元。

多 哥

国家概况

国名 多哥共和国(THE RE-PUBLIC OF TOGO)。

面积 56 600平方千米。

人口 469万,人口密度每平方千米83人。

民族 黑色人种。有埃维、阿克波索、阿凯布等部族。

语言 官方语言为法语。

宗教 居民多信奉拜物教、基督教和伊斯兰教。

首都 洛美,位于大西洋沿岸,人口80.2万。

国旗 靠旗杆一侧的上方为红色正方形,中央有一白色五角星。自上而下又有绿、黄、绿、黄、绿五个长条。

国徽 中间白色椭圆形,外面是绿色的盾。椭圆中央有个黄色的盾,上面书有"RT",为多哥共和国缩写。黄盾之上有两面国旗,盾下侧有两只持弓箭的雄狮。

货币 非洲金融共同体法郎,汇率:1美元=712非洲法郎(2001年)。

自然地理

位于非洲中西部,南濒几内亚湾。南北狭长,中部高南北低。属热带气候。

历史

15世纪葡萄牙人侵入。1884年沦为德国殖民地。二战后,由英、法"托管",1960年独立。

经济和人民生活

农业国,农业劳动人口占总劳动人口的68%,工业基础薄弱。磷酸盐储量2.6亿吨,产量居世界第四位。被联合国列入世界最不发达国家名单。2000年国内生产总值9 327亿非洲法郎,人均国内生产总值20.16万非洲法郎。家庭补贴每个子女每月2 000非洲法郎(2.55美元)。居民70%饮用自来水。人均寿命54.6岁。普及小学教育,成人识字率53.2%。

贝 宁

国家概况

国名 贝宁共和国（THE REPUBLIC OF BENIN）。

面积 112 622 平方千米。

人口 642 万，人口密度每平方千米 57 人。

民族 黑色人种。有芳、阿贾、巴利巴等 46 个部族。

语言 官方语言为法语。

宗教 居民多信奉传统宗教。

首都 波多诺伏是国民议会所在地，人口 30 万。科托努是政府所在地，人口 70 万。

国旗 靠旗杆一侧为绿色竖直长方形，右侧为黄、红两个长方形，黄在上、红在下。绿色象征繁荣，黄色代表土地，红色代表太阳。绿、黄、红三色也是泛非颜色。

国徽 中间一盾形，盾由红十字分为四部：左上部为一古堡，左下部为一棵棕榈树，右上部为一十字勋章，右下部为一船队。盾的上方是两个羊角，装着颗粒饱满的玉米，象征丰裕。下端的绶带上用法文写着"友爱、正义、勤劳"。盾的两侧各有一只金钱豹。

货币 非洲金融共同体法郎，汇率：1 美元 =712 非洲法郎（2000 年）。

自然地理

位于非洲中南部，南濒大西洋几内亚湾。全境南北狭长，北高南低。属热带气候。

历史

贝宁为非洲古国。18 世纪阿波美王朝十分强盛。1913 年沦为法国殖民地。1960 年独立。

经济和人民生活

经济落后，为联合国公布的世界最不发达国家之一。农业国，农村人口占总人口的80%，粮食基本自给。资源贫乏。工业基础薄弱，技术落后。2000年国内生产总值22.5亿美元，人均国内生产总值360美元。公职人员每月最低保证工资约合30美元。只有30%的居民可享受到医疗。平均寿命53.4岁。适龄儿童入学率为76%。

懦库耶泻湖上的水上人家

水上人家

贝宁沿海多泻湖，泻湖之上有许多小木屋，被称为"水上人家"。他们多数为渔民。

"奴隶海岸"

这里是欧洲殖民者贩运黑奴的重要据点，过去被称作"奴隶海岸"。

尼日尔

国家概况

国名　尼日尔共和国（THE REPUBLIC OF NIGER）。

面积　1 267 627平方千米。

人口　1 113万，人口密度每平方千米9人。

民族　黑色人种，豪萨族和哲尔马－桑海族占总人口的70%。另有颇尔族、图阿雷格族和卡努里族等。

语言　官方语言为法语。

宗教　88%的居民信奉伊斯兰教。

首都　尼亚美，位于西部尼日尔河沿岸，人口100万（2000年）。

国旗　由自上而下排列的橙、白、绿三个长方形组成。白色中央有一橙色圆形。橙色象征沙漠；白色象征纯洁；绿色代表美丽富饶的土地，也象征博爱和希望。圆形象征太阳，还象征尼日尔人民为保护自己的权力而不惜牺牲的愿望。

国徽　中间为一绿色的盾，盾的正中是太阳，上方左侧有一组黄色矛和剑，象征尼日尔古老的王国和悠久的历史；上方右侧是玉米穗，象征农业；下方是一牛头，象征畜牧业。盾的两侧各悬挂两面尼日尔国旗。下端的绶带上用法文写着"尼日尔共和国"。

货币　非洲金融共同体法郎，汇率：1美元=737非洲法郎（2001年）。

尼日尔河

自然地理

位于非洲西部,尼日尔河中游。全境为南高北低的高原,60%为沙漠所覆盖。尼日尔河流经东南部,在境内550千米。属热带气候。

历史

历史上未形成过统一的国家。西北部、东部分别曾是桑海帝国、博尔努帝国的一部分,中部曾由颇尔人建立颇尔帝国。1922年沦为法国殖民地。1960年独立。

经济和人民生活

是联合国公布的世界最不发达国家之一。以农牧业为主。农业人

桑海族的谷仓

口占全国总人口的87%。牧业是尼日尔经济支柱之一,出口产品产值仅次于铀。铀探明储量21万吨,居世界第五位。产量仅次于加拿大和澳大利亚,居世界第三位。铀的开采曾对尼日尔的经济发达起过巨大作用,但好景不长,随着国际市场供大于求状况的出现,铀价大跌,收入锐减。

2000年国内生产总值20.88亿美元,人均国内生产总值186美元。全国医疗普及率42%。文盲占总人口的87%。

尼日利亚

国家概况

国名 尼日利亚联邦共和国（THE FEDERAL REPUBLIC OF NIGERIA）。

面积 923 768 平方千米。

人口 1.2 亿，是非洲人口最多的国家。人口密度每平方千米 130 人。

民族 黑色人种。有豪萨－富拉尼、约鲁巴、伊博等 250 多个部族。

语言 官方语言为英语。

宗教 居民多信奉伊斯兰教和基督教。

首都 阿布贾，位于中部，人口 40 万（2000 年）。

国旗 由绿、白、绿三个长方形组成。

国徽 中间一盾形，盾为黑底，上有一白色波浪形 "丫" 型图案。盾的上方是一展翅的雄鹰，两侧是白马。盾下是草地。

货币 奈拉，汇率：1 美元 =112:86 奈拉（2001 年）。

豪萨人

自然地理

位于非洲中西部，西南濒临几内亚湾。北高南低，地形复杂。沿海为平原，南部为丘陵，北部为高地。尼日尔河流贯西南部，在境内 1 400 千米，流入几内亚湾。乍得湖在东北边境。属热带季风气候。

非洲的各部族许多都举行成人仪式，形式颇为隆重。这是尼日利亚的豪萨－富拉尼族正在准备成人仪式。

历史

是非洲文明古国。14～16世纪桑海帝国盛极一时。1472年以后，葡萄牙、英国相继入侵，1914年沦为英国殖民地。1960年独立。

经济和人民生活

石油储量270亿桶，为非洲最大产油国，按目前产量可开采30～50年。煤储量27.5亿吨，是西非惟一产煤国。

尼日利亚原是农业国，20世纪70年代石油工业崛起，国民经济部门比例发生重大变化，农业降到次要地位。20世纪80年代开始，国际油价下降。尼日利亚为欧佩克成员国。由于受日产量配额限制，石油产量下降。另由于农业被忽视，尼日利亚经济陷入困境。

2001年国内生产总值382亿美元，人均国内生产总值320美元。

1991年被世界银行列为第13位最穷国。全国有3万余名医生，7.4万张病床，40万部电话。人均寿命55岁。实行小学义务免费教育，成人文盲率40%。

村落

乍 得

国家概况

国名 乍得共和国 (THE RE-PUBLIC OF CHAD)。

面积 1 284 000平方千米。

人口 832万，人口密度每平方千米6人。

民族 黑人居多，有萨拉族、图布族，还有阿拉伯血统的柏柏尔族等。

语言 官方语言为法语和阿拉伯语。

宗教 绝大多数居民信奉伊斯兰教。

首都 恩贾梅纳，位于西南部乍得湖东南，人口61.5万(1998年)。

国旗 由竖直的蓝、黄、红三个长方形组成。

国徽 中间是一个盾。盾上端是旭日。盾左侧是山羊，右边为雄狮。盾下有一十字勋章。

货币 中非金融合作法郎，汇率: 1美元=712非洲法郎(2001年)。

自然地理

位于非洲中北部。西部地势平坦，为乍得湖盆地的一部分。四周地势渐高。北部为沙漠。北部属热带沙漠气候，南部属热带草原气候。

历史

公元9～17世纪建立过穆斯林苏丹王国。1902年沦为法国殖民地。1960年独立。

经济和人民生活

农牧业国，经济落后，是联合国公布的世界最不发达国家之一。矿藏资源较为丰富，天然碱、石灰石、白陶土以及钨、锡等均有一定储量，但大多尚未开采。近年乍得湖东北部等地发现石油。农村人口占总人口的78.9%，粮食不能自给。畜牧业是仅次于农业的第二大经济部门。工业主要是农牧产品加工业。2001年国内生产总值11 751亿非洲法郎，人均国内生产总值211美元。全国综合医院仅3所，医生217名。人均寿命50.3岁。实行六年义务教育，文盲率89.2%。

非洲

中 非

国家概况

国名 中非共和国（THE CENTRAL AFRICAN REPUBLIC）。

面积 622 984平方千米。

人口 377万，人口密度每平方千米6人。

民族 黑色人种。有巴雅、班达、桑戈等60多个部族。

语言 官方语言为法语、桑戈语。

宗教 居民多信奉原始宗教。

首都 班吉，位于西南部乌班吉河畔，人口63万（1998年）。

国旗 由自上而下排列的蓝、白、绿、黄四个长方形和中央一竖直的红色长方形组成。蓝色左上角有一黄色五角星。

国徽 中间是一盾形，盾的中央方形红底的中央是一白色圆底，上有黑色非洲地图，地图前为棕黄色五角星。盾的左上部绿底，上有白色象头。左下部棕黄底，上有三颗钻石。右上部白底，上有一棵大树。右下部蓝底，上有一黑人手掌。盾的上方是一轮旭日。盾的两侧是国旗。盾下有一勋章。

货币 中非金融合作法郎，汇率：1美元=712非洲法郎（2000年）。

自然地理

位于非洲大陆中部。全境为高原和山地。南部、北部有盆地。属热带气候。

历史

公元9～16世纪曾建立部落王国。1891年沦为法国殖民地。1958年成立"自治共和国"。1960年独立。

经济和人民生活

经济落后，为联合国公布的世界最不发达国家之一。以农业为主，钻石、咖啡、棉花和木材为四大经济支柱。钻石产区占国土面积的1/2。2000年国内生产总值6 645亿非洲法郎，人均国内生产总值178 500非洲法郎。全国有医生113名，病床4 030张。儿童入学率71.5%。

喀麦隆

国家概况

国名　喀麦隆共和国（THE REPUBLIC OF CAMEROON）。

面积　475 422平方千米。

人口　1 543万，人口密度每平方千米32人。

民族　黑色人种。有巴米累克、富尔贝、芳、赤道班图等200多个部族。

语言　官方语言为法语和英语。

宗教　居民多信奉拜物教、天主教、基督教新教和伊斯兰教。

首都　雅温得，位于西南部，人口

芳族少女

129.3万（1998年）。

国旗　由竖直的绿、红、黄三个长方形组成，中央有一黄色五角星。绿色象征南部赤道雨林的热带植物，还象征人民对幸福未来的希望；黄色象征北部草原和矿产资源，也象征给人民带来幸福的太阳光辉；

雅温得街景

红色象征联合统一的力量。五角星象征国家的统一。

国徽 中间为盾形，中间的红色锥形象征喀麦隆火山，蓝色是喀麦隆国土轮廓。地图前的利剑和天平象征着团结和平等。盾的左侧是绿底、黄五角星，右侧是黄底。盾后交叉有两把束棒。盾徽上端的绶

喀麦隆有239个部族，有"非洲部族之窗"的美誉。有些部族实际上就是一个王国。"巴蒙王国"就是一例。在这里一直保持着自己的王国体制和生活方式。这是巴蒙王国的国门。

巴蒙王国的王宫

国王派头十足。这是现任国王依卜拉辛（前中）出行的盛况。

带上用法文写着"喀麦隆共和国",下端的绶带上写着"和平、勤劳、祖国"。

货币 中非金融合作法郎,汇率:1美元=735.8非洲法郎。

自然地理

位于非洲中西部,西南濒几内亚湾。全境大部分地区为高原,中部高,四周低。沿海和北部为平原。属热带气候。

历史

公元5世纪建立部族王国。1884年沦为德国的"保护国"。第一次世界大战后英、法军队占领并"委任统治"。第二次世界大战后由英、法"托管"。1960年独立。

经济和人民生活

喀麦隆是非洲经济状况较好的国家之一。自然条件优越,农业情况较好,被誉为"中部非洲粮仓",粮食不但能够自给,还可出口。已初步形成以农产品加工业为主的工业体系。2000/2001年度国内生产总值97亿美元,人均国内生产总值630.6美元。有医院376所,医生1 007名。适龄儿童入学率83.3%。文盲率28.3%。

赤道几内亚

国家概况

国名　赤道几内亚共和国 (THE REPUBLIC OF EQUA-TORIAL GUINEA)。

面积　28 051 平方千米。

人口　46.8 万，人口密度每平方千米 17 人。

民族　黑色人种。主要有芳族和布比族。

语言　官方语言为西班牙语。

宗教　居民多信奉天主教。

首都　马拉博，位于比奥科岛，人口 6 万（1998 年）。

国旗　靠旗杆一侧为蓝色三角形，右侧自上而下为绿、白、红三个长方形，中央有国徽图案。

国徽　中间为盾形，盾底白色，中间有一棵大树。盾的上方有六颗黄色五角星。

货币　中非金融合作法郎，汇率：1 美元 =718.4 非洲法郎（2001 年）。

自然地理

位于非洲中西部，西濒大西洋，另有大西洋几内亚湾中的比奥科岛。沿海为平原，内陆为高地。属赤道雨林气候。

历史

原为土著居住。1845 年沦为西班牙殖民地。1968 年独立。

经济和人民生活

经济落后，全国 70% 的劳动人口从事农业，主要粮食作物有木薯、芋头、玉米等。粮食不能自给。经济作物有可可、咖啡等。为联合国公布的世界最不发达国家之一。2001 年国内生产总值13 630亿非洲法郎，人均国内生产总值 290 万非洲法郎。全国有 58 名医生。人均寿命 53.56 岁。

埃塞俄比亚

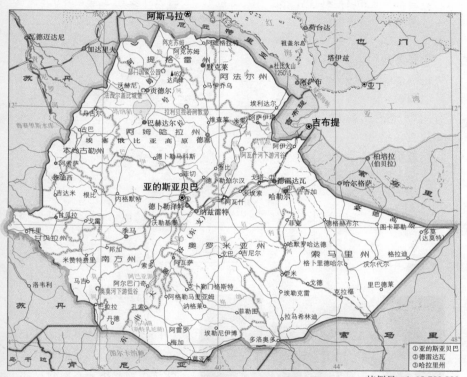

比例尺：1:13 700 000

①亚的斯亚贝巴
②德雷达瓦
③哈拉里州

国家概况

国名 埃塞俄比亚联邦民主共和国（THE FEDERAL DEMOCRATIC REPUBLIC OF ETHIOPIA）。

面积 1 103 600平方千米。

人口 6 537万，人口密度每平方千米59人。

民族 有奥罗莫、阿姆哈拉等80多个民族。

语言 通用英语。

宗教 居民多信奉埃塞正教和伊斯兰教。

首都 亚的斯亚贝巴，位于中部高原，人口300多万（2000年）。

国旗 由自上而下排列的绿、黄、红三个长方形组成，中央是国徽的图案。

国徽 蓝色圆中有一颗光芒四射的黄边五角星。

货币 埃塞俄比亚比尔，汇率：1美元＝8.56比尔（2002年）。

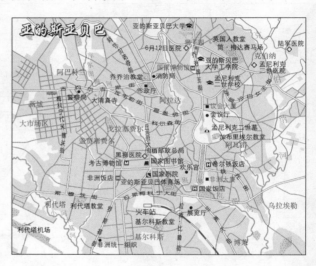

亚的斯亚贝巴一隅

自然地理

位于非洲东北部，全境中部隆起，周边低陷，有非洲屋脊之称。高原大部分为沙漠覆盖。东非大裂谷从东北到西南斜贯全境，形成宽40～1 000米，深1 000～2 000米的凹地。河湖众多。气候垂直地带性显著，属寒带、温带、亚热带、热带气候类型。

历史

是具有 3 000 年历史的古国。公元前 8 世纪建立努比亚王国。公元前后建立阿克苏姆王国。此后又有若干王朝更迭。1936 年意大利占领全境。1941 年恢复王朝。后又有几次政权更迭。1995 年宣告成立埃塞俄比亚联邦民主共和国。

经济和人民生活

自然资源丰富。黄金、铁、煤、碳酸氢盐、钾、钽、石油和天然气都有可观的储量。水力资源丰富。全国 1/2 的国土宜于放牧。但资源未能得到应有的利用，经济一直处于落后状态，是联合国公布的世界最不发达国家之一。农业是该国国民经济的支柱，85% 的劳动力从事农牧业，但绝大多数年份粮食不能自给。畜牧业在经济中处于重要地位，牧畜存栏数在 1.3 亿头左右，列非洲第一位，世界第十位。牲畜出口是外汇收入的主要来源。2000/2001 年度国内生产总值 63 亿美元，人均国内生产总值约 100 美元。平均每 3 873 人拥有一张病床，每 3.66 万人拥有一名医生。人均寿命 49 岁。

干旱、饥荒、动乱经常伴随着这里的人们。

厄立特里亚

国家概况

国名 厄立特里亚国 (THE STATE OF ERITREA)。

面积 124 320 平方千米。

人口 385 万，人口密度每平方千米 31 人。

民族 有提格雷尼亚、阿法尔、萨霍等 9 个民族。

语言 主要语言为提格雷尼亚语、提格雷语，通用阿拉伯语和英语。

宗教 居民多信奉基督教新教和伊斯兰教。

首都 阿斯马拉，位于西北部，人口 47 万 (1999 年)。

国旗 由三个绿、红、蓝三角形组成。红色居中，蓝色在下。绿色在上，红三角中央有一黄色圆形橄榄枝图案。

国徽 圆形，中心沙地之上有一骆驼。圆外有花饰。

货币 纳克法，汇率：1 美元 =13.5 纳克法 (2001 年)。

自然地理

位于非洲东北部，临红海。全境以高原山地为主，沿海有狭长平原。属热带气候。

历史

16 世纪曾是土耳其奥斯曼帝国的一部分。1890 年意大利入侵，将占领区合并为统一的殖民地"厄立特里亚"。1941 年由英国"托管"。1952 年，与埃塞俄比亚组成联邦。1962 年，埃塞俄比亚将厄立特里亚变成一个省。1993 年独立。

经济和人民生活

为联合国公布的世界最不发达国家之一。自然资源和水资源贫乏。经济以农业为主，粮食不能自给。渔业资源相对丰富，红海沿海年捕获量可达 2 万吨。2001 年国内生产总值 80 亿纳克法，人均国内生产总值 190 美元。住房缺少，水、电、卫生、通讯等设施十分缺乏。适龄儿童入学率 47%。文盲率 80%。

吉布提

国家概况

国名　吉布提共和国（THE REPUBLIC OF DJIBOUTI）。

面积　23 200 平方千米。

人口　68.1 万，人口密度每平方千米 29 人。

民族　主要有伊萨族和阿法尔族。

语言　法语和阿拉伯语为官方语言。

宗教　居民多信奉伊斯兰教。

首都　吉布提市，位于红海沿岸，人口 42 万。

国旗　由蓝色、绿色、白色和红色五角星组成。白色为三角形，在旗杆一侧，正中有一颗红五角星。

国徽　中央下方是一双黑人巨臂，每只手中握有一把利刀。上方是一只圆盾，盾后是一把长矛。上方一颗红五星。周围是橄榄枝环饰。

吉布提市　这里的建筑整齐、低矮，少有高楼大厦。

货币　吉布提法郎，汇率：1 美元 =177.721 吉布提法郎（2000 年）。

自然地理

位于非洲东北部，濒临红海。全境多高原山地。属热带沙漠气候。

扛盐

盐田

历史

　　1850年殖民主义者入侵前，由若干苏丹王国进行统治。法国殖民者最早侵入，1888年占领全境。1977年独立。

经济和人民生活

　　为联合国公布的世界最不发达国家之一。资源贫乏，盐和地热资源相对丰富。以农牧业为主，但自然条件差，粮食不能自给。盐的总储量达20亿吨，并已着手开采。地热资源也在开发之中。2000年国内生产总值5.528亿美元，人均国内生产总值747美元。实行免费医疗制度。每6 000人拥有1名医生。妇女的91%、男子的85%为文盲。

索马里

国家概况

国名　索马里共和国（THE SOMALI REPUBLIC）。

面积　637 657平方千米。

人口　909万，人口密度每平方千米14人。

民族　萨马莱和萨布两大族系。

萨马莱族女青年跳起传统舞蹈

语言　官方语言为索马里语和阿拉伯语，通用英语和意大利语。

宗教　伊斯兰教为国教。

首都　摩加迪沙，位于南部印度洋沿岸，人口100万（1999年）。

国旗　浅蓝色长方形，中央一颗白色五角星。

国徽　中间为盾形，蓝底中央一颗白色五角星。上端为王冠。两侧各有一只索马里豹。

货币　索马里先令，汇率：1美元＝20 500索马里先令（2001年）。

自然地理

位于非洲东北部，濒红海亚丁湾和印度洋。全境由北向南渐低，沿海为平原。属热带沙漠气候。

历史

为非洲古国之一。公元前1700多年即建立了以出产香料闻名的"邦特"国。公元7世纪阿拉伯人移入。1887年北部沦为英国"保护地"。1925年南部沦为意大利的殖民地。1941年英国控制全境。1960年独立。

经济和人民生活

是联合国公布的世界最不发达国家之一。畜牧业是索马里国民经济的支柱，产值占国内生产总值的40%。农业人口占总人口的30%。粮食不能自给。工业技术落后，基础薄弱。拥有非洲最长的海岸线，渔业资源丰富，但未能得到充分的利用，年捕获量仅有2万吨左右。1995年国内生产总值15.63亿美元，人均国内生产总值150美元。连年内战，居民生活无保障。物价上涨，生活必需品短缺。

肯尼亚

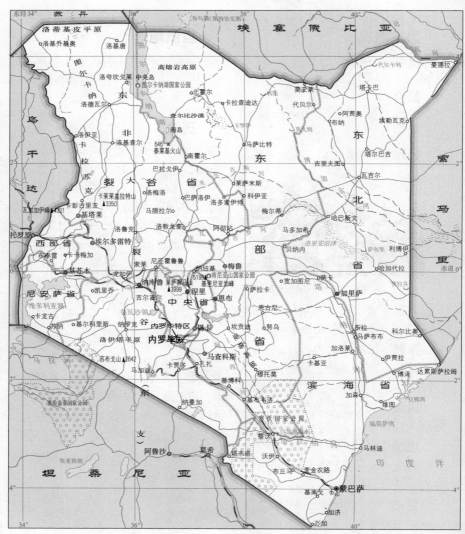

比例尺 1：7 300 000

AFRICA

国家概况

国名　肯尼亚共和国（THE REPUBLIC OF KENYA）。

面积　582 646平方千米。

人口　3 107万，人口密度每平方千米53人。

民族　黑色人种。有基库尤、卢希亚、卢奥等42个部族。

语言　斯瓦希里语为国语，和英语同为官方语言。

宗教　居民多信奉基督教新教和天主教，其余信奉伊斯兰教、原始宗教和印度教。

首都　内罗毕，位于西南部，人口约200万（2001年）。

传统装束的基库尤女郎　　城市女郎

国旗　自上而下由黑、红、绿三个长方形组成，红色长方形上下有白边。旗面中央有交叉的两支长矛和一面盾。

国徽　中心为一盾，盾的上部黑底、中部红底、下部绿底，红底上下有白边，与国旗颜色一致，红底中有一白色握斧的雄鸡。盾的两侧各有一只雄狮。盾后为两支交叉的长矛。雄狮之下是丘岗，上面有绿色的咖啡、剑麻、菠萝等图案。

国花　肯山兰。

国鸟　公鸡。

货币　肯尼亚先令，汇率：1美元＝78.9肯尼亚先令（2000年）。

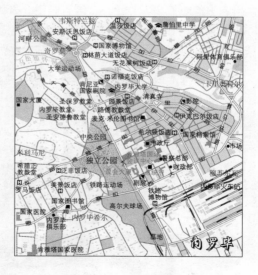

自然地理

位于非洲东部，东南濒印度洋。境内多为高原，基里尼亚加峰为非洲第二高峰。沿海有平原。东非大裂谷纵贯高原中西部。多湖泊、河流。大部分地区属热带高原气候。

历史

人类发源地之一，曾出土约260万年前的人类头盖骨化石。公元7世纪，东南沿海出现了一些商业城市。16世纪，葡萄牙殖民者开始侵入。1890年西方列强瓜分东非，肯尼亚被划归英国，成为英国殖民地。1963年独立。

经济和人民生活

肯尼亚是经济发展状况较好的非洲国家之一。农业是国民经济的支柱，粮食正常年景自给有余。工业发展较快，门类较为齐全，是东部非洲工业最发达的国家。旅游业也较为发达。2001年国内生产总值86.2亿美元，人均国内生产总值288美元。全国有医生5 200人，人均寿命47岁。实行免费初等教育。

> **小资料**
>
> 肯尼亚天然动物园世界闻名，野生动物资源丰富，有大象、河马、狮子、犀牛、羚羊、斑马、长颈鹿、非洲狐狼、红鹤、丹顶鹤、秃鹫、巨喙鸟等奇禽猛兽。拥有天然动物园和动物自然保护区30多个，占国土面积的15%。位于南部的察沃国家公园，占地2万多平方千米，是东非最大的天然动物园中的一个。这里建有树顶旅馆，树下辟有清水池，吸引禽兽前来，供旅游者观光。夜暮降临，各种野兽三五成群在树下活动，观光客们在树顶旅馆居高临下，对下方的情形一览无余，各种禽兽的习性尽收眼底，吼叫声、搏杀声、哀鸣声、奔跑声，声声入耳。

斑马群

乌干达

国家概况

国名　乌干达共和国（THE REPUBLIC OF UGANDA）。

面积　241 038平方千米。

人口　2 279万，人口密度每平方千米95人。

民族　黑色人种。巴干达族占总人口的28%，次为巴索加族、巴尼安科莱族等。

语言　官方语言为英语。通用斯瓦希里语、卢干达语等地方语言。

宗教　居民多信奉天主教和基督教新教。

首都　坎帕拉，位于东南部维多利亚湖畔，人口约200万。

国旗　自上而下由六条黑、黄、红三色相间的平行宽条组成，中央白色圆底中是国鸟皇冠鹤图案。

巴干达族少女

国徽　中心是一枚盾，盾中央是太阳，上部为蓝白相间的波纹，下部是一只鼓。盾后是两支长矛。盾左是一只公羊，盾右是皇冠鹤，盾下方是绿色高地。

国鸟　皇冠鹤。

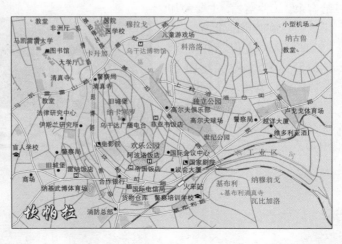

东非大裂谷

货币　乌干达先令, 汇率: 1美元=1 747乌干达先令（2002 年）。

自然地理

位于非洲东部, 地跨赤道。置非洲大裂谷东、西支分叉处。全境自西向东缓倾, 海拔 1 000～1 200 米。河湖众多, 水域占国土面积的18%, 有"高原水乡"之称。位于乌干达、坦桑尼亚和肯尼亚交界处的维多利亚湖, 面积6.9万平方千米, 是非洲最大的淡水湖, 居世界第二位。乌干达境内的湖面占湖域的43%。属热带气候, 但因地势高, 气候终年温暖。

历史

公元1000年曾有土著王国建立。1850年开始, 英、法、德殖民者入侵。1894 年沦为英国"保护国"。1962 年独立。

经济和人民生活

为联合国公布的最不发达国家之一。农业为主要的经济部门, 粮食自给有余。工业落后, 主要为加工工业。旅游资源丰富。

2000/2001年度国内生产总值55亿美元,人均国内生产总值约250美元。每1.8万人拥有 1 名医生。人均寿命43岁。截至2001 年 6 月全国有80 万人为艾滋病患者。

原始的分配救济粮的情景

AFRICA

坦桑尼亚

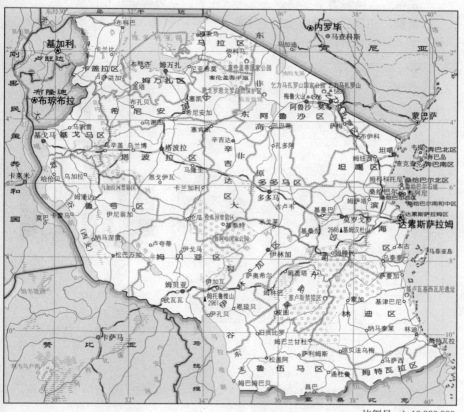

比例尺：1:10 900 000

国家概况

国名　坦桑尼亚联合共和国（THE UNITED REPUBLIC OF TANZANIA）。

面积　945 087平方千米。

人口　3 597 万，人口密度每平方千米 38 人。

民族　黑色人种。有苏库马、马康迪、查加等 126 个部族。

语言　斯瓦希里语为国语，与英语同为官方通用语。

宗教　居民多信奉拜物教，次为天主教、基督教新教和伊斯兰教。

首都　达累斯萨拉姆，位于印度洋沿岸，人口 300 万（1996 年）。新首都多多马尚在建设之中，人口 14.4 万（1992 年）。

达累斯萨拉姆大教堂

国旗　由黑、绿、蓝、黄四色组成，左上方和右下方为绿色和蓝色三角形，带黄边的黑色宽条从左下脚斜贯至右上角。

国徽　中间是一盾形，盾的上方黄地中有一火炬，之下为国旗图案，再下红地，最下为白蓝相间的波纹，另有交叉的斧头和镰刀以及竖直的长矛。盾的两侧有一男一女，手扶象牙。盾的下方为火山。

国花　丁香。

货币　坦桑尼亚先令，汇率：1 美元＝875.5 坦桑尼亚先令（2001 年）。

自然地理

位于非洲东部，由坦噶尼喀、桑给巴尔岛（温古贾岛）和奔巴岛组成。

AFRICA

地势西高东低，沿海为低地。乞力马扎罗山为非洲最高峰。东非大裂谷的东支纵贯南北，西支在西部边境。多河流、湖泊。属热带草原气候。

东非大裂谷

东非大裂谷的东支和西支都纵贯坦桑尼亚全境。西支形成一系列湖泊，其中最著名的是坦噶尼喀湖。湖深700米，最深处竟达1 435米，居世界第二位。湖形狭长，南北长720千米，东西宽48～70千米，是世界上最长的淡水湖。

自然保护区

坦桑尼亚有12个国家公园，19个野生动物保护区，50多个野生动物控制区。连同森林保护区，占国土面积的1/3。

位于东南部的塞卢斯禁猎区，是世界面积最大、动物种类和数量最多的禁猎区。它占地5万平方千米，有广阔的平原、茂密的森林、稠密的水网，还有云遮雾罩的深山老林。禁猎区内栖息的大象约10.5万头，河马约1.8万匹，黑犀牛2 000余头，水牛20万头，斑纹角马8万匹，斑马6.5万匹，剑式羚羊7 000只，埃塞俄比亚疣猪3.2万只，驼鹿5.2万只，还有世界上最大的鳄鱼群和数不尽的禽类。大群的斑纹角马、斑马和羚羊的迁徙，构成奇特的、壮观的场面。有时，迁徙的动物群长达10余千米，是世上绝无仅有的奇观。在坦桑尼亚北部的塞伦盖蒂国家公园，每年五六月间便出现这种场面，因为这时中央平原缺水，草食动物便向西部常年有水的地区移动。它们的迁徙也引起了食肉动物的追随。而等中央平原雨季过后，它们便又成群迁回。塞伦盖蒂国家公园有斑纹角马35万匹，斑马13万匹，汤姆森羚羊16.5

乞力马扎罗山下的大象行进式

万只，大角斑羚7 000余只，马鹿2.7万只，驼鹿1.8万只，长颈鹿4 000只，埃塞俄比亚疣猪1.5万只，大象2 700头，狮子2 000只，豹子1 000只，斑纹鬣豹3 500余只。

恩戈罗恩戈罗自然保护区原是塞伦盖蒂禁猎区的一部分，因其独特的地形而于1957年被划出，单独组成一个自然保护区，占地8万多平方千米。该保护区的中心是恩戈罗恩戈罗火山口。它是世界上最完整的火山口，壁沿海拔2 286米。火山口面积160平方千米。火山口外有6座海拔3 000米的山峰环抱。火山口内繁衍着斑马、羚羊、犀牛、狮子、大象、火烈鸟等种类繁多、数量惊人的动物。这个保护区有两大奇观举世闻名：一是一年一度的动物大迁徙。每逢5～6月，庞大的斑马群和羚羊群汇聚一起，六七只一排组成队形，开始行程500千米的西迁进程，那场面会让目击者惊叹不已。二是春天来临时，会有盈千累万的火烈鸟云集火山口中的咸湖湖面，使原为碧绿的广大湖面顿时变成玫瑰色，它们是准备集体迁徙的。当它们起飞后，遮天蔽日，景象之壮观，难以用语言来形容。

历史

为古人类发源地之一。7～8世纪阿拉伯人迁入。1886年坦噶尼喀划入德国势力范围，1917年被英国占领。1962年独立。桑给巴尔于1890年沦为英国"保护地"，1963年独立。1964年坦噶尼喀和桑给巴尔组成联合共和国，同年改国名为坦桑尼亚联合共和国。

经济和人民生活

以农业为主，资源未能充分利用。坦桑尼亚森林面积占国土总面积的45%，木材储量丰富。优质木材安哥拉紫檀、乌木、桃花心木和栲木世界闻名。经济作物资源丰富，剑麻、丁香的产量居世界首位，腰果的出口居世界前列。工业以加工业为主。旅游资源丰富，1999年旅游外汇收入13亿美元。为联合国公布的世界最不发达国家之一。2001年国内生产总值91亿美元，人均国内生产总值约262美元。职工另外享受相当于工资20%的社会福利补贴。人均寿命47.9岁。每千人拥有1.1张病床。实行免费义务教育，成人识字率84%。

卢旺达

国家概况

国名　卢旺达共和国（THE REPUBLIC OF RWANDA）。

面积　26 338 平方千米。

人口　860 万，人口密度每平方千米 327 人。

民族　黑色人种，有胡图、图西、特瓦等部族。

语言　官方语言为卢旺达语、英语和法语。国语为卢旺达语。

宗教　居民多信奉原始宗教和天主教。

首都　基加利，位于中部，人口 50 万（1997 年）。

国旗　由蓝、黄、绿三个长方形组成，右上方为一个放射光芒的太阳。

国徽　图案由高粱穗、咖啡枝、草编篮子、盾牌、齿轮和打结的飘带等组成，国徽上标有用卢旺达语写的格言：“团结、劳动、爱国”。

货币　卢旺达法郎，汇率：1 美元 =380.5 卢旺达法郎（2000 年）。

自然地理

位于非洲中东部，内陆国。东高西低，多山地和高原，被誉为“千丘之国”。水网稠密。属热带草原气候。

历史

16 世纪图西人建立王国。1890 年沦为“德属东非保护地”。后成为比利时“托管地”。1962 年独立。

经济和人民生活

卢旺达国土面积狭小，人口众多，资源贫乏，仅有的一些资源如钨矿、水力和旅游资源未能得到应有的利用，加之连年战乱，经济状况甚为不好，为联合国公布的世界最不发达国家之一。2000 年国内生产总值 19 亿美元，人均国内生产总值 226 美元。农牧业从业人口占全国总人口的 91%，粮食不能自给。工业品大部分依靠进口，所需外汇仅靠咖啡、茶叶、棉花、除虫菊、金鸡纳和牧畜的出口。卢旺达是非洲人口密度最高的国家之一。1994 年由于部族之间的矛盾引发内战，50 万人丧生，22 万儿童成为孤儿，200 万人沦为难民。截至 1997 年有 140 万人回国安置。

布隆迪

国家概况

国名 布隆迪共和国（THE REPUBLIC OF BURUNDI）。

面积 27 834平方千米。

人口 641万，人口密度每平方千米230人。

民族 黑色人种。由胡图、图西和特瓦三个部族组成。

语言 法语和基隆迪语为官方语言。国语为基隆迪语，部分居民讲斯瓦希里语。

宗教 居民多信奉天主教。

首都 布琼布拉，位于西南部坦噶尼喀湖畔，人口40万（2000年）。

国旗 中央有一白色圆形，四周有四条白色向四角辐射，圆中有三颗绿边红地五角星。上下方为红色，左右为绿色。

国徽 盾形，红地中央有一金色狮头，背后有三支长矛。下面的白色绶带上用法文写着"团结、劳动、进步"。

货币 布隆迪法郎，汇率：1美元=680布隆迪法郎（2000年）。

自然地理

位于非洲中东部，内陆国。地

鼓舞

势西高东低，多高原山地。水网稠密。坦噶尼喀湖一角在东南部。属热带气候。

历史

17世纪曾建立图西人的王国。1890年成为德属东非的一部分。1922年成为比利时委任统治地。1962年独立。

经济和人民生活

布隆迪国土小，人口多，资源贫乏，无出海口，这一切使经济的发展受到限制。约有94%的人口从事农牧业，粮食不能自给。工业主要是加工、化工等部门，基础薄弱，技术落后。为联合国公布的世界最不发达国家之一。2000年国内生产总值9亿美元,人均国内生产总值128美元。平民实行部分免费医疗，军人医疗全部免费。适龄儿童入学率60%。文盲率50%。

农村风貌

加 蓬

国家概况

国名 加蓬共和国（THE GABONESE REPUBLIC）。

面积 267.667平方千米。

人口 124万，人口密度每平方千米5人。

民族 黑色人种。有40多个部族，属班图种族，较大的部族是芳族、巴普努族。

语言 官方语言为法语。民族语言有芳语、米耶内语和巴太凯语。

宗教 居民多信奉天主教和基督教新教。

首都 利伯维尔，位于大西洋沿岸，人口40多万（1999年）。

国旗 由自上而下的绿、黄、蓝三个长方形组成。

国徽 中心为盾形。盾的上部为绿色，上有三个黄色的圆；盾的中部是黄底，上面是黑色的帆船；下部是蓝色。盾的两侧各有一只黑豹。盾的后面是一棵该国的奥库梅树。

利伯维尔的和平碑

货币 中非金融合作法郎，汇率：1美元=712非洲法郎（2000年）。

自然地理

位于非洲中西部，西濒大西洋。沿海有狭长的平原，内陆为高原。属赤道雨林气候。

AFRICA

历史

公元 12 世纪曾建立部落王国。18 世纪沦为法国殖民地。1960 年独立。

经济和人民生活

加蓬属于非洲独立后经济发展态势较好的国家之一。该国资源丰富，自然条件较好，石油的崛起，锰、铀的开采发展迅猛，石油、锰、铀和木材成为四大经济支柱，传统的农牧渔业产值仅占国内生产总值的 7%。这使加蓬列入中等发展中国家的行列。加蓬素有"绿金国"的美称，森林面积占全国总面积的 85%。原木储量 4 亿立方米（奥库梅木占 1/3），次于刚果民主共和国和喀麦隆，居非洲第三位。锰蕴藏量 2 亿吨，占世界储量的 1/4，居世界第四位。铀蕴藏量 3.6 万吨，次于尼日尔，居非洲第二位。铌蕴藏量 40 万吨，占世界总储量的 5%。农牧业发展缓慢。

2000 年国内生产总值 25 000 亿非洲法郎，人均国内生产总值已达 2 236 美元，粮、肉、菜、蛋不能自给。国家实行高福利政策，最低保证月工资 4.4 万非洲法郎。全民公费医疗。教育和社会事务费用占预算总额的 1/3。小学实行免费教育，大、中学生享受国家助学金，学龄儿童入学率 98%。

海滨

刚果民主共和国

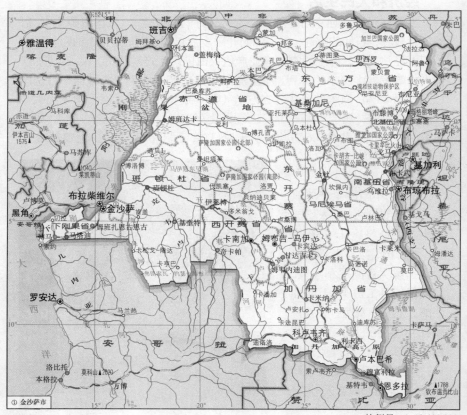

比例尺：1∶19 400 000

国家概况

国名 刚果民主共和国（THE DEMOCRATIC REPUBLIC OF CONGO），简称刚果（金）。

面积 2 344 885 平方千米。

人口 4979 万，人口密度每平方千米 21 人。

民族 黑色人种。有 254 个部族，分属班图、苏丹、俾格米三大族系。较大的部族有 60 多个。

语言 官方语言为法语。

宗教 居民多信奉天主教、基督教新教、原始宗教和金邦古教。

首都 金沙萨，位于西部刚果河沿岸，人口 600 万（2001 年）。

在刚果（金）的原始森林中生活着一支"矮人族"。成年人的身材平均在1.5米左右。他们有不寻常的耐久力，过着原始生活。自然，现代社会逐渐影响到了他们。

刚果（金）某些部落仍沿袭一夫多妻制。这是一位酋长和他的妻子们的合影。

国旗 旗底为蓝色，左侧有六颗黄色小五角星，中央有一颗黄色大五角星。

货币 刚果法郎，汇率：1美元=325刚果法郎（2002年2月）。

自然地理

位于非洲中央。地形似巨盘，周围是山地、高原，中部为盆地。刚果河全长4 640千米，流贯全境。瀑布、湖泊众多。东部的坦噶尼喀湖深1 435米，为世界第二深湖。属热带气候。

历史

公元13~14世纪是刚果王国的一部分。1884~1885年成为比利时国王的"私人采地"。1960年独立，定名刚果共和国。1964年改名刚果民主共和国。1971年改国名为扎伊尔共和国。1997年恢复国名为刚果民主共和国。

经济和人民生活

自然条件优越，资源丰富。铜储量7 500万吨，居世界第四位。森林面积占全国总面积的53%。水力资源占全非洲水力资源蕴藏量的40%。但资源未能得到应有开发，属经济不发达国家行列。经济部门中，惟有采矿业较为发达。农业落后，产值仅占国内生产总值的10%左右，粮食不能自给。2000年国内生产总值55亿美元，人均国内生产总值99美元。有医生1 456名，病床8万张。人均寿命男52岁，女55岁。儿童入学率68%。

刚 果

国家概况

国名 刚果共和国（THE REPUBLIC OF CONGO），简称刚果(布)。

面积 342 000平方千米。

人口 354万，人口密度每平方千米10人。

民族 黑色人种。全国有大小部族56个，属班图语系。最大的刚果部族占总人口的45%，次为姆博希部族、太凯部族，北方森林中有少数俾格米人。

语言 官方语言为法语。

宗教 居民多信奉原始宗教和天主教。

首都 布拉柴维尔，位于东南部刚果河畔，人口95万（1996年）。

刚果族少女

国旗 旗面由绿、黄、红三色构成，左上方为绿色，右下方为红色，一条黄色宽带从左下角斜贯至右上角。绿色象征森林资源及对未来的希望，黄色代表诚实、宽容和自尊，红色代表热情。

刚果妇女

国徽 为一年轻黑人女子图案，铭牌上用法文写着"团结、劳动、进步"

货币 中非金融合作法郎，汇率：1美元=712中非法郎（2000年）。

自然地理

位于非洲中西部，西濒大西洋。中高北低，北部多盆地、沼泽、湿地，西部沿海为低地。刚果河在东南方与刚果民主共和国为界。属热带草原与赤道雨林气候。

历史

13世纪曾建立刚果王国。1884～1885年柏林会议将刚果划为法国殖民地。1960年独立。

经济和人民生活

自然条件优越，资源丰富，原为非洲中等收入国家。20世纪80年代中期，由于石油价格下跌，财政收入减少，经济出现困难。2000年国内生产总值20亿美元，人均国内生产总值678美元。经济的主要支柱是石油、木材和服务业。石油储量约28亿吨，1999年石油产值占国内生产总值的50.7%。木材年产量74万立方米，可供出口的有40余种，其中铁木、刺果美等名贵木材是国际市场上的抢手货。刚果的服务业十分发达，1998年，其产值占国内生产总值的38.6%。这在非洲国家中是少有的。刚果农村人口只占有总人口的31%，是城市人口超过农村人口的少数非洲国家中的一个。农业总产值只占国内生产总值的12%。粮食不能自给。全国有医疗单位870个，病床11 000张，医生567名。小学、初中实行义务教育制，适龄儿童入学率99%。成人扫盲率78.4%。

安哥拉

国家概况

国名 安哥拉共和国（THE REPUBLIC OF ANGOLA）。

面积 1 246 700平方千米。

人口 1 277万，人口密度每平方千米10人。

民族 黑色人种，有奥温本杜、姆本杜、巴刚果等30多个部族。

语言 官方语言为葡萄牙语。

宗教 居民多信奉天主教、基督教新教和拜物教。

首都 罗安达，位于西北部大西洋沿岸，人口300多万（2000年）。

国旗 由红、黑两个长方形组成，红在上，黑在下。中央是由齿轮、砍刀和五角星组成的黄色图案。

国徽 呈圆形，下方是一轮旭日，太阳光芒中有交叉的锄头和砍刀，上方的蓝天中有一颗黄色五角星。左边是玉米、棉花、咖啡和绿枝组成的图案，右边是齿轮组成的图案。下方是一本打开的书。底端的黄色绶带上用葡萄牙文写着"安哥拉共和国"。

货币 宽扎，汇率：1美元＝34宽扎（2002年）。

自然地理

位于非洲西南部，西濒大西洋。全境2/3为高原，沿海有狭长平原。属

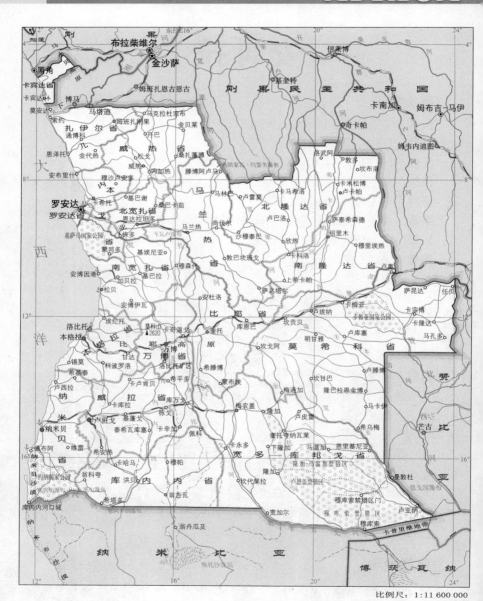

比例尺: 1:11 600 000

热带草原气候。

历史

中世纪分属刚果等四个王国。1482 年葡萄牙人入侵。1884~1885 年柏林会议上被划为葡萄牙殖民地。1975 年独立。

经济和人民生活

矿产资源丰富。石油、钻石的开采在国民经济中占有重要地位。农业发展条件良好，主要种植咖啡、甘蔗、棉花、剑麻、花生等经济作物，粮食生产不能自给。渔业资源丰富。2001 年国内生产总值 74.8 亿美元，人均国内生产总值 571 美元。人均寿命 45 岁。儿童死亡率 27.4%，居世界第二位。7~15 岁儿童实行免费教育。

黑人村落

居民为水而犯愁

赞比亚

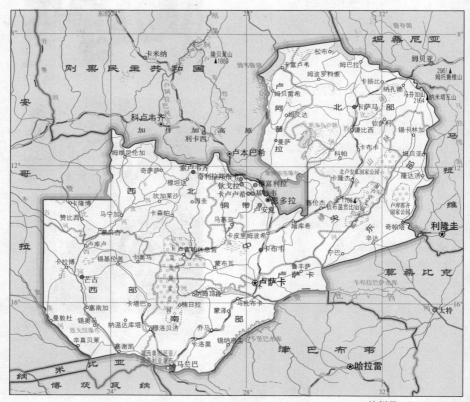

比例尺：1∶11 900 000

国家概况

国名 赞比亚共和国（THE REPUBLIC OF ZAMBIA）。

面积 752 614平方千米。

人口 1 057万，人口密度每平方千米14人。

民族　黑色人种。有奔巴、通加、洛兹等 73 个部族。

语言　官方语言为英语。

宗教　居民多信奉原始宗教，其余信奉基督教新教和天主教。

首都　卢萨卡，位于中部，人口 200 万（2001 年）。

国旗　绿色长方形，右侧上方为一只展翅飞翔的雄鹰，下方自左到右竖直排列着红、黑、橙三个长方形。

国徽　中心为盾形。盾内是竖直的黑白相间的波纹图案。盾上有交叉的锄头和镐。上端为一红色展翅雄鹰。两侧有黑人男女。下端是绿色丘岗，其间有玉米穗、矿井和斑马。

货币　克瓦查，汇率：1 美元 =4 225 克瓦查（2002 年）。

自然地理

位于非洲大陆中南部，内陆国。地势东北高、西南低，多为高原。东南有东非大裂谷西支的一部分。江流、沼泽众多。举世驰名的莫西奥图尼亚／维多利亚瀑布位于与津巴布韦交界的赞比西河之上。呈"之"字形，宽 24～100 米，绵延 97 千米，主瀑

莫西奥图尼亚／维多利亚瀑布

布宽 1 800 米，落差 122 米，几十千米以外的人们便可看到瀑布上空弥漫着的水雾轻烟，可以听到它那翻江倒海般的轰鸣。是非洲最大瀑布。属热带草原气候。

恩歌隆哥罗动物保护区的红鹤群

历史

9 世纪之后，先后出现过几个部族王国。1889～1900 年，英国控制东部和东北部地区。1964 年独立。

经济和人民生活

赞比亚经济结构单一，矿业为经济主体，素有"铜矿之国"之称，铜的储量 9 亿吨，占世界总储量的 6%。钴是铜的伴生物，储量 35 万吨，居世界第二位。工业中制造业落后，农业靠天吃饭，基础薄弱。旅游资源丰富。2001 年国内生产总值 38 亿美元，人均国内生产总值 345 美元。极端贫困人口占总人口的 66%。人均寿命从 20 世纪 80 年代的 55 岁降至 2001 年的 37 岁。有 20% 的成年人感染艾滋病病毒。

小资料

莫西奥图尼亚瀑布原称维多利亚瀑布,名字来源于英国探险家利文斯顿。利文斯顿先后对非洲进行了四次探险活动。第一次是1847～1849年,他穿越了卡拉哈迪沙漠;第二次是1853～1856年,他逆赞比西河而上,横越非洲大陆,到达大西洋。这次探险他发现了赞比西河壮观的瀑布,遂以英国女王的名字命名;第三次是1858～1864年,他在东非高原探险,发现马拉维湖;第四次探险是1866～1873年,以赤道大沼泽为目标,发现了坦噶尼喀湖。1873年死于赞比亚。利文斯顿的探险纪行被题名为《南部非洲传教旅行考察记》、《赞比西河及其支流》、《中非纪行》,先后在欧洲发表,影响极大。这些作品还给欧洲殖民者起了引路的作用。

另外还有一个插曲值得一提。利文斯顿的探险活动曾引起西方世界的极大关注。为了抢先报道利文斯顿的探险活动,美国的报业派出斯坦利前往搜寻利文斯顿的行迹。斯坦利也是一个探险迷,他经过千辛万苦,终于于1871年在坦噶尼喀湖畔找到了利文斯顿,之后,他参加了利文斯顿的探险队,和利文斯顿一起,环坦噶尼喀湖转了一周。二人分手后又过了两年,利文斯顿离开了人间。斯坦利回国又写了《我是如何找到利文斯顿的》,曾轰动一时。更值得一提的是,利文斯顿死后,斯坦利回到非洲,开始了自己的探险活动,1874年,他从坦噶尼喀登陆,经维多利亚湖、坦噶尼喀湖到刚果河上游,然后沿刚果河而下,最后到达大西洋,

利文斯顿和斯坦利初会时的情景

沿途历时999天。他的这段探险经历记载于题为《穿越黑暗大陆》的书,这本书成了探险纪行的不朽之作。

圣多美和普林西比

国家概况

国名 圣多美和普林西比民主共和国 (THE DEMOCRATIC REPUBLIC OF SAO TOME AND PRINCIPE)。

面积 1 001 平方千米。

人口 15.3 万，人口密度每平方千米 153 人。

民族 黑色人种。班图人占总人口的 90%。

语言 官方语言为葡萄牙语。

宗教 居民多信奉天主教。

首都 圣多美，位于圣多美岛，人口约 5 万。

国旗 靠旗杆一侧有一红色三角形，右边自上而下排列绿、黄、绿三个长方形，黄底中央并排着两颗黑色五角星。

国徽 中间有一盾形，盾中棕底上有一棵椰子树。盾的两侧各有一只展翅的珍禽。盾的上方有一颗蓝色的五角星。

货币 多布拉，汇率: 1 美元 =7 978.2 多布拉（2000 年平均汇率）。

自然地理

位于非洲中西侧几内亚湾的东南部，由圣多美岛、普林西比岛等 10 余个小岛组成。大多为火山岛。属热带雨林气候。

历史

原为土著人居住。1522 年沦为葡萄牙殖民地。1975 年独立。

经济和人民生活

农业国，农业又以可可种植为主，工业极端落后，为联合国公布的世界最不发达国家之一。2000 年国内生产总值 6 199.9 万美元，人均国内生产总值 443.93 美元。全国有医疗单位 14 个，医务人员 1 820 名，其中医生 80 名。平均寿命 64 岁，为非洲长寿国之一。适龄儿童入学率达 97%。文盲占总人口的 25%。

马拉维

国家概况

国名 马拉维共和国 (THE REPUBLIC OF MALAWI)。

面积 118 484 平方千米。

人口 1 114 万，人口密度每平方千米 94 人。

民族 黑色人种，有尼昂加、尧、奇契瓦等部族。另有少量的欧洲人和亚洲人。

语言 官方语言为英语和奇契瓦语。

宗教 居民多信奉基督教新教和天主教。

首都 利隆圭，位于中部，人口 42.4 万（2000 年）。

国旗 由自上而下排列的黑、红、绿三个长方形组成，黑色长方形中央有一红色旭日，放射着 31 道光芒。

国徽 中央为盾形，盾的上部白地中有两道蓝色波纹；中部红地中有黄色狮子图案；下部黑地中有一金色旭日。盾的上端是雄鹰、太阳、银盔以及红黄花饰。盾的左侧是一只站立的金狮，右侧是一只站立的豹。

货币 马拉维克瓦查，汇率：1 美元 =66.3 马拉维克瓦查（2001 年）。

自然地理

位于非洲东南部，内陆国。南北狭长。地势较高。东非大裂谷纵贯全境。马拉维湖位于东北部，是非洲第三大湖。属热带草原气候。

利隆圭街景

马拉维湖一角

历史

16世纪班图人迁入。1891年沦为英国保护地。1964年独立。

经济和人民生活

是联合国公布的世界上最不发达国家之一。农业国，农业人口占总人口的75%。盛产烟草，产量居非洲前列。2001年国内生产总值17.8亿美元，人均国内生产总值170美元。全国有医生200名。人均寿命44岁。成人文盲率44%。

东非大裂谷

马拉维处于东非大裂谷东、西两支分叉之处。

东非大裂谷东支南起希雷河河口，向北伸展，经马拉维湖、东非高原、埃塞俄比亚高原，越红海，穿死海，全长6 400千米；西支南起马拉维湖向西北伸展：经坦噶尼喀湖、基伍湖、爱德华湖、艾伯特湖，至尼罗河谷，全长1 700千米。裂谷一般深1 000~2 000米，宽数10千米到300千米不等，形成一连串的狭长而深陷的谷地和湖泊。东支的阿萨勒湖湖面在海平面以下156米，是非洲的最低点。

值得注意的是，现代科学发现，这个裂谷正以每年几毫米的速度在加宽，有时这种加宽的速度会突然加快，一年竟达到几十毫米，甚至会出现地壳的剧变。1978年11月6日，吉布提阿法尔三角地区地表突然断裂，阿尔杜科巴火山在几分钟之内发生突起，科学测定，这一系列的变动使非洲大陆同阿拉伯半岛的距离一下子拉长了1.2米。这些现象令某些科学家作出预言：两亿年之后，东非大裂谷将"分娩"出一个新的大洋，而那时非洲和世界的地图就不再是现在这种模样了。有的科学家则作出另外的预言：裂谷可能转而上升，从而形成高山。但无论如何，东非大裂谷并不是静止不动的——它在不停地改变着自己，终有一天，它将改变非洲的面貌。

AFRICA

莫桑比克

国家概况

国名 莫桑比克共和国（THE RE-PUBLIC OF MOZAMBIQUE）。

面积 799 380 平方千米。

人口 1 766 万，人口密度每平方千米 22 人。

民族 多为黑色人种，有马库阿－洛姆埃、绍纳－卡兰加等 60 多个部族。

语言 葡萄牙语为官方语言。

宗教 居民多信奉基督教和原始宗教，次为伊斯兰教和印度教等。

首都 马普托，位于东南端印度洋沿岸，人口 101.9 万（2000 年）。

国旗 右侧为红色三角形，中央有一颗黄五角星，前有交叉的步枪、锄头和展开的书本。右侧与红三角相衔接，自上而下是绿、黑、黄的色块，黑色块上下有白边。

国徽 呈圆形，中央有一轮红日，前面是展开的书本和交叉的步枪、锄头图案。

莫桑比克人

下方是蓝色的波纹。上半部外沿呈齿轮状。上端有一颗红五角星。两侧是玉米和甘蔗。底部的红色绶带上写着"莫桑比克共和国"。

货币 梅蒂卡尔，汇率：1 美元 =23 200 梅蒂卡尔（2001 年）。

自然地理

位于非洲东南部，东南濒印度洋。全境西北高，东南低，内陆为高原，沿海为平原。属热带草原气候。

历史

13世纪曾是莫诺莫塔帕王国的一部分。1505年葡萄牙人入侵，1700年沦为葡萄牙"保护国"。1975年独立。

经济和人民生活

有丰富的资源，有煤、铁、铜、金、钽、钛、铋、铝、石棉、石墨、云母、大理石和天然气等，钽的储量居世界第一。大部分矿藏尚未开采。森林覆盖率达25%。水力资源极为丰富，赞比西河上的卡奥拉巴萨水电站装机容量207.5万千瓦，为非洲之首，居世界第七位。

棉山

经济发展十分落后，为联合国公布的世界最不发达国家之一。2000年国内生产总值仅约40亿美元，人均国内生产总值235美元。

工资标准由国家统一规定。失业率60%。由于连年战争，百姓苦不堪言。文盲率达60%。实行小学义务教育。

科摩罗

国家概况

国名 科摩罗伊斯兰联邦共和国 (THE FEDERAL ISLAMIC REPUBLIC OF THE COMOROS)。

面积 2 235平方千米。

人口 72.6万，人口密度每平方千米325人。

民族 主要为阿拉伯人后裔、卡夫族、马高尼族、乌阿马查族和萨卡拉瓦族。

语言 官方语言为科摩罗语、法语和阿拉伯语。通用语为科摩罗语。

宗教 居民多信奉伊斯兰教。

首都 莫罗尼，位于大科摩罗岛，人口约5万（2000年）。

国旗 绿色长方形。中央有一竖直的白色新月。新月右侧有自上而下排列的四颗白色五角星。左下方有白色阿拉伯字"穆罕默德"，右上方有白色阿拉伯字"安拉"。

国徽 与国旗图案相同。

货币 科摩罗法郎，汇率：1美元=561科摩罗法郎（2001年）。

自然地理

位于非洲大陆和马达加斯加之间的大洋中。各岛海岸线曲折，地形崎岖，多山地。属海洋性气候。

历史

殖民主义入侵前由阿拉伯苏丹统治。1912年沦为法国殖民地。1975年独立。

经济和人民生活

科摩罗经济以农业为主。香料和热带作物的种植在农业中占有重要地位。伊兰—伊兰香精产量居世界之冠，华尼拉产量仅次于马达加斯加，居世界第二。另外还有丁香、薄荷、素馨、柠檬草、王紫罗兰等出产。因此，该国素有"香料群岛"的美称。

但是，由于科摩罗无矿藏资源，工业基础薄弱，农业中粮食生产不能满足需求，整个经济仍处于落后状态。是联合国公布的世界不发达国家之一。

2000年国内生产总值1.678亿美元，人均国内生产总值238美元。全国有医院5所。每7 806人有一名医生。人均寿命57岁。成人文盲率61%。

马达加斯加

国家概况

国名 马达加斯加共和国（THE REPUBLIC OF MADAGASCAR）

面积 627 000平方千米。

人口 1 644万，人口密度每平方千米26人。

民族 马达加斯加人占总人口的98%，有伊麦利那、贝希米扎拉卡、贝希略等18个部族。其余是科摩罗人、印度人、法国人和华人。

语言 官方语言为法语。

宗教 多数居民信奉基督教，次为传统宗教和伊斯兰教。

首都 塔那那利佛，位于马达加斯加岛中部，人口160万（1997年）。

塔那那利佛一隅

国旗 左侧为竖直的白色长方形，右侧上方为红色长方形，下方为绿色长方形。

国徽 呈圆形。圆面中间是马达加斯加国土轮廓，上部为旅人蕉（国树）枝叶，下部为稻田图案和水牛头。

国树 旅人蕉。

货币 马达加斯加法郎，汇率：1美元＝6 518马达加斯加法郎（2000年）。

自然地理

位于非洲大陆东南的印度洋中。由若干岛屿组成，最大岛屿马达加斯加岛为世界第四大岛。马达加斯加岛中部为高原，沿海为平原。多短小河流。属热带气候。

东经44° 48°

12°

昂布尔角

大科摩罗岛 ⊛莫罗尼
科摩罗 安齐拉纳纳

莫埃利岛 昂儒昂岛 盖塞滩
马约特岛 米齐乌岛
贝岛 安比卢贝

摩 安班贾 安齐拉纳纳省 法南巴纳

2876▲马鲁穆库特鲁山 桑巴瓦

罗 马鲁穆尼角 马富塔卡 马阿纳拉纳 安达帕

莫 阿纳希德拉努 马达瓦卡纳 安巴拉哈

群 马哈赞加省 马聪贾纳 马哈希特腊拉纳纳

马里齐居 马苏阿拉角

岛 马哈赞加 曼皮库尼 曼德里察拉

16° 圣安德烈岛 苏阿拉拉 米钦焦 北马纳拉 16°

锡坦皮基 布拉哈岛

贝萨兰亚 马 哈 赞 加 省 米亚里纳武 图 苏阿尼阿拉-伊翁古

马埃瓦塔纳纳 安德亚梅纳 阿 费努阿里武-阿齐纳纳纳

坦布胡拉努 贝雷武-拉努贝 软德雷胡 安德里 马 阿迪拉纳图比 图阿马西纳

穆拉费努 安巴图迈因蒂 安祖祖鲁武 西 努尼武省

迈因蒂拉努 阿迪拉纳图比 纳 图阿马西纳省

安卡祖布 安祖祖鲁武 瓦图曼德里

安察卢努 苏鲁阿努 曼迪迪 塔那那利佛⊛ 阿尼武拉努

贝马拉哈的铁古 安布希曼加加王宫⊛ 省 曼拉曼齐 省

自然保护区 塔那那利佛省 瓦图曼德里

齐亚法北武武纳山2643

贝卢-齐里比希纳 米安德里瓦苏 安塔尼富富

20° 安齐拉贝 鲁兰布 20°

穆龙达瓦 图 德里里武 努西瓦里卡

贝卢 曼迪班迪 安齐拉贝 安巴托 马达加斯加岛

梅 曼达贝 努西瓦里卡

安德拉努帕西 齐通迪鲁伊纳 安法努迪亚纳 马南扎里

利 菲亚纳兰楚阿

亚 贝鲁鲁哈 菲 亚 纳 兰 楚 阿 省

穆龙贝 安塔尼米埃瓦 努西法拉 伊法尼雷阿 马纳卡拉

安卡祖阿布 伊胡西 伊武希贝

安德拉努武里 贝特鲁卡 法拉凡加纳

24° 图利亚拉 拉 阿纳考 万加因德拉努 南回归线 24°

尼 马哈布 南米东吉

图拉 省 贝凯利

伊坦普杜 埃西拉 马南泰尼纳

安帕尼希 安巴拉纳鲁

西贝武阿拉武 卢卢哈 安布阿里武 44° 48°

圣玛丽角

比例尺：1∶10 000 000

历史

16世纪末曾建立伊麦利那王国。19世纪初，马达加斯加王国统一全岛。1896年沦为法国殖民地。1960年独立。

经济和人民生活

联合国公布的世界最不发达国家之一。2000年国内生产总值38.17亿美元，人均国内生产总值267美元。矿藏丰富，石墨储量居非洲第一位，水力资源丰富，但开发极不充分。工业基础薄弱，农业生产落后。农业中只有华尼拉（香料）的产量居世界首位。公职职工享受劳保、医疗、住房和子女补贴，其他部门职工由雇主支付社会和医疗保险费。职工月最低工资12.1万马法郎（1998年）。每万人拥有医生1名、病床10张。人均寿命59岁。实行五年义务教育。文盲率农村61%，城市32%。

自成系统的动植物生态

马达加斯加距非洲大陆400千米。岛屿由火山岩构成，土地长期风化，形成红色土层，故马达加斯加有"红岛"之称。此地长期与外界隔绝，形成动植物演化的特殊场所，动植物生态自成体系，其特点是：一、不少动植物是这里特有的；二、这里留存着不少在其他大陆灭绝的物种；三、不少大陆所常见的物种，这里没有。马达加斯加共有植物万种以上，两栖类、爬行类和哺乳类动物300余种，鸟类200余种。万种植物中4/5是世界其他地方罕见或根本没有的。离该岛最近的非洲大陆的狮子、豹等大型食肉动物这里从不见踪迹。狐猴等动物又是该岛独有的。200余种鸟类中，有180种为该岛所特有。

巨鸟蛋（化石）产这种蛋的鸟已经绝种。

毛里求斯

国家概况

国名 毛里求斯共和国（THE REPUBLIC OF MAURITIUS）。

面积 2 040平方千米。

人口 120万，人口密度每平方千米588人。

民族 主要为印度人和巴基斯坦人的后裔。

语言 官方语言为英语，法语通用。

宗教 居民多信奉印度教、基督教和伊斯兰教。

首都 路易港，位于毛里求斯岛西北沿海，人口13.7万。

国旗 由自上而下排列的红、蓝、黄、绿四个长方形组成。

国徽 中央是盾形，盾的左上部蓝地中有木船；左下部黄地上有一红色钥匙；右上部黄地中是三棵甘蔗；右下部蓝地上为一三角形，上端有一颗白色五角星。盾左是一只已经绝迹的"多多鸟"，盾右是一只鹿，各持一根甘蔗。

货币 卢比，汇率：1美元=29.12卢比。

自然地理

位于非洲大陆东南印度洋中，由若干岛屿组成。毛里求斯岛内陆多山地，沿海有平原。属亚热带海洋气候。

历史

1598年荷兰侵入，1715年法国占领。1814年沦为英国殖民地。1968年独立。

经济和人民生活

糖业、出口加工业和旅游业为三大经济支柱。甘蔗种植面积近8万公顷，制糖业工人占就业人数的第二位，出口创汇占外汇总收入的45%。纺织品、服装等加工业是20世纪80年代初的新兴产业，产值占出口总值的48%左右。旅游业发展迅速，为第三大创汇产业。粮食依靠进口。2000/2001年度国内生产总值43.3亿美元，人均国内生产总值3 353美元。实行免费医疗、免费教育、失业救济、米面价格补贴等高福利政策。人均寿命71岁。50%的家庭使用煤气，每个家庭都有电视机，每千人拥有汽车53辆。

塞舌尔

国家概况

国名 塞舌尔共和国 (THE REPUBLIC OF SEYCHELLES)。

面积 455 平方千米。

人口 8.1 万人,人口密度每平方千米 178 人。

民族 主要是班图人和克里奥尔人等。

语言 克里奥尔语为国语,通用英语和法语,官方行文多用英文。

宗教 居民多信奉天主教。

首都 维多利亚,位于马埃岛,人口 2.5 万(1996 年)。

国旗 由蓝、黄、红、白、绿五种颜色组成,自左下角呈放射状。

国徽 中央为盾形,盾中上部为蓝天、椰树,下部为海洋、陆地和玳瑁图案。盾上方是热带鸟,两侧是旗鱼。

货币 塞舌尔卢比,汇率:1 美元 =5.69 塞舌尔卢比(2001 年)。

自然地理

位于非洲大陆东部印度洋中。由 90 余个花岗岩岛和珊瑚岛组成。地势崎岖。属热带气候。

历史

1756 年被法国占领。1794 年被英国占领。1976 年独立。

经济和人民生活

2000 年国内生产总值 5.99 亿美元。人均国内生产总值 7 500 美元,在非洲居第一位。1993 年被评为世界十大旅游点的第三名。旅游业成为其主要经济支柱,产值占国内生产总值的 12.7%。另外,塞舌尔渔业资源丰富,尤其是金枪鱼,世界闻名。海椰子栽种在世界上是最多的。

实行免费教育、免费医疗,向低收入者发放救济金等高福利政策。

纳米比亚

国家概况

国名 纳米比亚共和国(THE REPUBLIC OF NAMIBIA)。

面积 824 269 平方千米。

人口 193 万，人口密度每平方千米 2 人。

民族 88% 为黑色人种。有奥万博、卡万戈、达马拉等部族。

语言 官方语言为英语。通用南非荷兰语、德语等。

奥万博族妇女

宗教 多数居民信奉基督教。

首都 温得和克，位于中部，人口 21 万（1999 年）。

国旗 由蓝、红、白、绿、金黄色组成。蓝、绿为三角形，金色为蓝底中心的太阳图案。

国徽 中央为盾形，盾为国旗图案，两侧为直角大羚羊。上方是一只展翅的鹰。

货币 纳米比亚元，汇率：1 美元 =8.36 纳米比亚元（2001 年第二季度）。

自然地理

位于非洲西南部，西濒大西洋。全境为广阔的内陆

纳米比亚沙漠位于大西洋沿岸，在海边形成沙丘。

高原和狭长的沿海平原组成。多间歇河和盐沼。东南部是卡拉哈迪沙漠的一部分。属热带、亚热带干旱和半干旱气候。

历史

15世纪开始，荷兰、葡萄牙、英国殖民者先后侵入。1890年被德国占领。1915年被南非占领。1990年独立。

经济和人民生活

纳米比亚是非洲重要矿产国。钻石产量居世界前列。最著名的战略金属铀、铜、铅、锌、钨储量可观，因此，纳米比亚被称作"战略金属储备库"。

纳米比亚是南部非洲乃至非洲经济状况良好的国家之一，2001年国内生产总值31亿美元，人均国内生产总值1 734美元。采矿业、畜牧业和渔业是纳米比亚的三大经济支柱，其产品90%外销。旅游业也较发达。职工工资标准由国家统一制定。职工每年可带薪休假一个月。全国实行免费医疗。人均寿命46岁。实行小学免费义务教育。文盲率60%。

在沙漠中人们建起了洋房，俗称"魔鬼城"。人们之所以在此建房，是因为这里盛产钻石"寻宝"方便。

博茨瓦纳

国家概况

国名　博茨瓦纳共和国（THE REPUBLIC OF BOTSWANA）。

面积　581 730平方千米。

人口　168万，人口密度每平方千米3人。

历史　绝大部分为黑色人种，有恩瓦托等部族。

语言　官方语言为英语。通用语言为茨瓦纳语和英语。

宗教　多数居民信奉基督教新教和天主教。

首都　哈博罗内，位于西南部边境，人口22.43万（2001年）。

国旗　自上而下由淡蓝、黑、淡蓝三个长方形组成，黑色长方形上下有白色宽条。

国徽　中央为一盾形，白底，盾的中部有三道蓝色波纹，上部有三个齿轮，下部为一个牛头。盾的两侧各有一只站着的斑马，左边斑马揽一支象牙，右边斑马揽一黍米。

货币　普拉，汇率：1美元=6.98普拉（2001年）。

国会大厦

自然地理

位于非洲南部，内陆国。全境东高西低，北部为沼泽，西南部为沙漠所覆盖。多间歇河。属热带草原气候。

历史

独立前称贝专纳。1885 年沦为英国殖民地。1966 年独立。

经济和人民生活

博茨瓦纳矿藏丰富，产量可观，为非洲第三矿产国，仅次于南非和刚果民主共和国。钻石产量居世界前列，质量上乘，首饰用钻石最为有名。

独立后，30 年多中，人均国内生产总值从 25 美元增至 1999 年的 3 413 美元，成为有名的"非洲的小康之国"。2001 度国内生产总值 56 亿美元。钻石、铜镍和牛肉是博茨瓦纳经济的三大支柱。2000 年钻石产量 2 500 万克拉。粮食不能自给，80% 依靠进口。旅游业的收入也十分可观。医疗条件较好，人均寿命 67 岁，在非洲是较高的。成人 28% 感染爱滋病病毒。文盲率 26%，在非洲则是较低的。

飞禽走兽的乐园

博茨瓦纳已将国土面积的1/5划为国家动物园和野生动物保护区，对各种珍奇动物采取了保护措施。北部的乔贝地区，雨量充沛，植物繁茂。原始森林中栖息着成群的大象、野牛、羚羊、河马、狮子、猎豹和鬣狗。东北部的欧科范果沼泽地中有各种鱼类，这吸引了各式各样的飞鸟鸣禽。在此地的恩加来湖，观光客可以看到成群的驼鸟和野鸡悠闲自得地游步于湖滨，成千上万的红鹤、鹈鹕、野鸭和火烈鸟在广阔的天地里起舞弄影，令人流连忘返。

AFRICA

津巴布韦

国家概况

国名 津巴布韦共和国（THE REPUBLIC OF ZIMBABWE）。

面积 390 759 平方千米。

人口 1 296 万，人口密度每平方千米 33 人。

民族 绝大多数为黑人，主要有绍纳、恩德贝莱等部族。

语言 官方语言为英语、绍纳语和恩德贝莱语。

宗教 居民多信奉原始宗教和基督教。

首都 哈拉雷，位于东北部，人口

出售石雕的津巴布韦妇女

187 万（1997 年）。

国旗 左侧为白色三角形，中心有一红五角星，前有一只津巴布韦鸟。与白色三角形相衔接，自上而下排列着绿、黄、红、黑、红、黄、绿七个横条。

国徽 中央为盾形，盾的下部为绿底，上有白色的"石头城"遗迹图案，上部为竖直的波纹。盾下方为褐色的土地，上有玉米、棉花。盾后是交叉的枪支和锄头，上端为国旗红五角星及津巴布韦鸟的图案。两侧各有一只羚羊。

货币 津巴布韦元，汇率：1美元=55津巴布韦元（2001年）。

自然地理

位于非洲东南部，内陆国。全境为高原。水网稠密。举世闻名的莫西奥图尼亚／维多利亚瀑布在与赞比亚交界处。属热带草原气候。

莫西奥图尼亚／维多利亚瀑布

历史

公元1100年形成中央集权国家，13世纪建立莫诺莫塔帕王国，15世纪初王国达到鼎盛时期。1890年沦为英国南非公司的殖民地。1980年独立。

经济和人民生活

经济状况良好，有较丰富的自然资源，发展条件较好。制造业、矿业和农业为三大经济支柱。旅游业也较为发达，1999年接待外国游客就达240万人次。

2000年国内生产总值72亿美元，人均国内生产总值471美元（1998年）。2000年全国有76%的家庭在贫困线下。政府设有"社会保障基金"，月收入在400津元以下者享受免费医疗和教育资助。平均每5 950人拥有1名医生。成年人口的26%感染艾滋病病毒。人均寿命由1990年的61岁降为2000年的44岁。

名胜

"石头城"

独立前，津巴布韦称罗得西亚。罗得西亚是一个英国殖民主义者的名字。独立后，改名津巴布韦。津巴布韦是班图语"石头城"的意思。"石头城"即位于维多利亚堡附近一山谷的著名历史古迹的名字。

　　"石头城"占地约720公顷。之所以叫"石头城"，因为整个建筑群是用石块砌成的。该城的建造大约用90万块长方体花岗石。石块之间没有任何黏合物，但砌缝严密。

　　现在，"石头城"只剩下了一片废墟，但残存的遗迹仍可看到当年城池的大体规模，也可体味到它当年的风采。

大围场

　　石头城遗迹分两部分，一部分是建在一片开阔地面的椭圆形围城，称为"大围场"，它是遗迹的主体；另一部分是建在一座小石山上的城防工事，称为"卫城"。

　　大围场花岗石墙高10米，底厚5米，顶部宽2.5米，长约240米。围墙内有内墙，呈半圆形，内墙长90米。从挖掘看，这半圆形建筑曾是首领们妻室和随从的用房。城中有一圆锥形高塔，实心，高15米，可能是当年祭祀用的。

卫堡的入口

　　卫城之下的小石山石壁陡峭，地势险要。卫城的石墙依山傍崖，蜿蜒而下。城上只有一道石门，人需侧身而过。从卫城上可以俯视整个大围场。

　　挖掘中有许多重要文物出土，整个城市面貌也清晰可见。城市布局协调，附近有当时的梯田、水渠、火井，有铁矿坑、炼铁场，从炼铁工具和用泥土制成的造币模型看，炼铁技术已相当发达。出土的文物中有波斯的彩色瓷器，有阿拉伯的玻璃和黄金，有印度佛教的念珠，还有中国明代的瓷器。

古塔

这说明该城商业发展的程度。文物中最为珍贵的是雕刻品津巴布韦鸟，当地人曾把这种鸟当作神鸟。

小资料

（一）

对于"石头城"的兴建和废弃，考古学界还存在着争论。有的给它蒙上神秘的色彩，说"石头城"是《圣经》中讲过的所罗门国王居住的地方。据近年科学探测，"石头城"是古代津巴布韦人的文明创造。公元前200年这里就是一个居民点，以后渐渐扩大，公元11世纪，建筑规模大大扩大，经过几个世纪，达到空前的规模。最早它是马卡兰加古国的京城，后来又成为莫诺莫塔帕王国的京都。该城衰落于15世纪末，后被废弃，成为一片废墟。

（二）

津巴布韦鸟的雕刻形象是头似鸟，身似鹰，脖子挺立，双翅紧贴身躯。它被刻在一种微红色皂石柱的顶端，柱高1米，鸟高50厘米，每柱一只。柱上有优美的图案，造型美观，刻工精湛。欧洲人发现这些精品时不相信是当地人的作品。他们把津巴布韦鸟劫到南非。1981年有5只皂石津巴布韦鸟被运回津巴布韦，陈列在哈拉雷的博物馆内。津巴布韦国旗和国徽之上都有津巴布韦鸟的图案。

南 非

国家概况

国名 南非共和国（THE REPUBLIC OF SOUTH AFRICA）。

面积 1 221 037平方千米。

人口 4 460万，人口密度每平方千米37人。

民族 主要为黑人，次为白人、亚洲人，其余为有色人。黑人有祖鲁、科萨、斯威士等部族。白人主要为荷兰血统的阿非利卡人和英国血统的白人。亚洲人主要是印度人和华人。

语言 有11种官方语言，通用语言为英语和南非荷兰语。

宗教 白人和大部分黑人信奉基督教新教和

祖鲁族酋长

天主教。部分黑人信奉原始宗教，亚洲人多信奉印度教。

首都 行政首都为位于东北部的比勒陀利亚，人口150万。立法首都为位于西南沿海的开普敦，人口300万。司法首都为中部的布隆方丹，人口46万。

国旗 由黑、黄、绿、白、红、蓝六色组成，黑色为三角形，绿色为横着的"丫"形。

国徽 中心为盾形，盾内分四部分：左上部红底，上有"希望女神"抛锚图案；左下部黄底，上有一棵桔树；右上部黄底，上有两只非洲大羚羊；右下部绿底，

祖鲁人的传统舞蹈

比例尺：1：8 900 000

上有一辆汽车。两侧是南非小羚羊和直角大羚羊。盾的上方有一头盔，头盔之上有一红色雄狮，握着一把折不断的枝条。

货币 兰特，汇率：1 美元 =10.62 兰特（2002 年）。

自然地理

位于非洲大陆最南端，西濒大西洋，东临印度洋。内陆为高原，西北部为沙漠，沿海有带状平原。河网稀疏。属亚热带气候。

历史

历史上曾是荷兰和英国争夺的对象，长期处于殖民地地位。1961 年独立。白人掌握统治权并在境内推行种族歧视和种族隔离政策。1994 年黑人领袖纳尔逊·曼德拉当政后，这一政策被彻底废除。

经济和人民生活

南非自然资源丰富，自然条件优越，经济较为发达。工业中，矿业、制造业、建筑业和能源工业四大经济部门产值占国内生产总值的37～38%，占总劳力的30%。电力工业的发电量占非洲总发电量的60%。农业和旅游业较为发达。2001 年国内生产总值1 290 亿美元，人均国内生产总值2 982 美元。

贫富不均现象甚为严重。占总人口6%的富人收入占总收入的50%以上，最贫困的40%的人口收入只占总收入的10%。全国53%的居民处于贫困状

态, 其中黑人占
95%。成人识字
率84.6%。

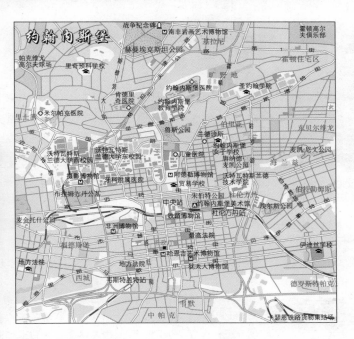

祖鲁人的矿舞

丰富的地下宝库

南非的矿产资源丰富, 储量居世界第一位的有: 黄金3.58万吨, 占世界总储量的35%; 铂类金属6.2万吨, 占世界总储量的55.7%; 锰40亿吨, 占世界总储量的80%; 钒1 200万吨, 占世界总储量的44.5%; 铬31亿吨, 占世界总储量的68.3%; 硅铝酸盐5 080万吨, 占世界总储量的37%; 钛1.46亿吨, 占世界总储量的21%。储量居世界第二位的有: 蛭石8 000万吨, 占世界总储量的40%; 锆1 430万吨, 占世界总储量的22.1%。储量居世界第三位的有: 氟石; 磷酸盐。储量居世界第四位的有: 锑25万吨, 占世界总储量的5%; 铀28.44万吨, 占世界总储量的9.3%。储量居世界第五位的有: 煤553亿吨, 占世界总储量的10.6%; 钻石; 铅。

金伯利是南非重要的钻石产地。这是昔日开采钻石留下的坑道，长16千米，占地15公顷，756米深。如今成为南非重要名胜。此坑曾开采矿2 800万吨，选出品位上乘的钻石1 450克拉。

名胜

好望角

位于西南部大海中，距开普敦48千米，是大西洋和印度洋的分界处。苏伊士运河开凿之前，从大西洋到印度洋的航船都要经过这里。苏伊士运河开凿之后，一些大的油轮仍要绕此。现每年绕过好望角的船只有2.5万～3万艘。

小资料

好望角是葡萄牙航海家迪亚士于1487年发现的。当年8月，葡萄牙国王约翰二世选派迪亚士率领一支探险船队，沿非洲海岸向南，到印度去寻找黄金。迪亚士船队沿古代腓尼基人和迦太基人走过的航线南行，当船队靠近今纳米比亚沃尔维斯港时遇到特大风浪，迪亚士船队失去控制，在大海中与风浪搏斗10天。这时船队已到达印度洋边缘的厄加勒斯角。船员们惊魂未定，纷纷要求返航。迪亚士只好放弃去印度的希望，率队返航。返航途中天气转好，他们看见了一个雄伟的岬角。因为这里是他们与风暴进行殊死搏斗的海域，当时风暴依然很大，大家便给它起了一个名字，叫"风暴角"。返回后迪亚士向国王讲述这一历程，国王不同意这个名字，因为去印度的希望正寄托在这个岬角上，于是给它更名"好望角"。

这一岬角果然给后来人带来希望。10年后，即1497年，葡萄牙另一探险家沿迪亚士走过的航线航行，真的绕过好望角于次年到达印度。

好望角

斯威士兰

国家概况

国名 斯威士兰王国（THE KINGDOM OF SWAZILAND）。

面积 17 363平方千米。

人口 106万，人口密度每平方千米61人。

民族 主要是黑色人种，其中斯威士兰族是第一大族。

语言 官方语言为英语和斯瓦蒂语。

宗教 居民多信奉基督教新教和天主教。

首都 姆巴巴内，位于西北部，人口6万（1998年）。

国旗 中间为紫红色长方形，上下各有黄色长边，上方与下方为蓝色长方形。紫红色长方形中央有一盾和长矛组成的图案。

国徽 中央为一盾形，蓝地之中是四件斯威士兰斗牛标志物：一面黑、白两色的盾，两支长矛，一杆饰有缨穗的权杖。盾的上端是埃马索特沙斗士头冠，其上插有羽毛饰物。盾左是一只猛狮，盾右是一只大象。

货币 埃马兰吉尼，汇率：1美元=8.72埃马兰吉尼（2001年）。

自然地理

位于非洲大陆东南部，内陆国。地势东低西高，多为高原和山地。河流众多。属热带气候。

历史

16世纪由中非和东非迁入的斯威士兰人建立王国。1907年沦为英国的"保护地"。1968年独立。

经济和人民生活

2001年国内生产总值101.28亿埃马兰吉尼，人均国内生产总值为1 033美元，属非洲中等收入国家。资源较丰富。工业产值在国内生产总值中居首，农牧业有相当的基础，旅游业较为发达。就业人数约为8.82万人。另有1.2万人在南非工作，多为矿工。人均寿命57岁。实行小学义务教育制，成人识字率71%。

莱索托

国家概况

国名 莱索托王国（THE KINGDOM OF LESOTHO）。

面积 30 344平方千米。

人口 219万，人口密度每平方千米2人。

民族 主要为黑色人种，有巴苏陀和祖鲁等部族。

语言 官方语言为英语。

宗教 居民多信奉基督教新教和天主教。

首都 马塞卢，位于西北部边境，人口37万（1996年）。

国旗 由白、蓝、绿三个色块组成，白色和绿色都为三角形。白底左侧有褐色图案，为国徽的主体图案。

国徽 中央为盾形，上有一鳄鱼图案。盾后交叉着长柄标枪和圆头棒。上端中间是用驼鸟羽毛制成的饰物。盾两侧各有一匹站立的非洲骏马。

货币 洛蒂，复数为马洛蒂，汇率：1美元＝9.3马洛蒂（2001年10月）。

自然地理

位于南非国境之内的东南部。全境多山地和高原。属亚热带大陆性气候。

历史

19世纪初建立巴苏陀兰王国。1868年沦为英国"保护地"。1966年独立。

经济和人民生活

为联合国公布的世界最不发达国家之一。自然资源贫乏，基础薄弱。农业人口占总人口的83％，可耕地仅占全国面积的13％。粮食50％依赖进口。工业以食品加工业为主。1999/2000年度国内生产总值9.3亿美元，人均国内生产总值413美元。全国有劳动力65万，其中6.3万人在南非工作。每1.5万人一名医生，每861人一张病床。识字率75％。

非洲的世界之最

尼罗河全长6 671米，是世界最长的河流；

撒哈拉沙漠面积920万平方千米,是世界最大的沙漠；

东非大裂谷长6 400千米，是世界最长的裂谷；

刚果盆地面积337万平方千米，是世界上最大的盆地；

撒哈拉沙漠地下储水面积460万平方千米,是世界最大的地下海；

苏伊士运河是世界货运量最大的国际通航运河；

莫桑比克海峡全长1 670千米，是世界最长的海峡；

好望角6～7米高的海浪每年达110天，是世界最大的风浪区；

南非是世界黄金储量最多的国家；

南非是世界铂类金属储量最多的国家；

南非是世界锰储量最多的国家；

南非是世界钒储量最多的国家；

南非是世界铬储量最多的国家；

南非是世界钛储量最多的国家；

南非是世界硅铝酸盐储量最多的国家；

摩洛哥是磷酸盐储量最多的国家；

科特迪瓦是可可产量和出口量最多的国家；

突尼斯是油橄榄产量最多的国家；

坦桑尼亚是丁香产量最多的国家；

坦桑尼亚是剑麻产量最多的国家；

塞舌尔是世界海椰子栽种最多的国家；

马达加斯加是华尼拉产量最多的国家；

科摩罗是世界伊兰—伊兰香精产量最多的国家；

利比里亚是世界外轮注册最多的国家；

刚果民主共和国的俾格米人是世界最矮的人种。

主　　编：邸香平　州长治

文字编写：本丛书编写组

摄　　影：明俊富　陆　治　孙笑武
　　　　　张法典　龚　莉

版式设计：李光辉

审　　校：邸香平　雒玉玲

责任编辑：邸香平

审　　订：范　毅

非　洲

中国地图出版社编制出版发行

（北京市白纸坊西街3号　邮编100054）

北京通州区次渠印刷厂印刷

新华书店经销

890×1240　32开　4.25印张

2004年2月第1版　第1次印刷

ISBN7-5031-3371-6/K·1766　印数：00001—10000

批准号：(2003)373号　定价:13.00元